Ilse Eichenbrenner

Alles wird gut

Ilse Eichenbrenner

Alles wird gut

Ein Social Fiction

EDITION BALANCE

1

Seit einem Jahr wusste ich, dass Bill bald ausziehen würde. Er sagte es mir letztes Jahr im März. Im Sommer konnte ich es noch immer nicht fassen, im Herbst trauerte ich, im Winter wurde ich ungeduldig.

Jetzt war Februar 2019, und Bill war immer noch hier, und es gelang mir nicht, mich darüber zu freuen. Er war immer wieder ruhelos abgetaucht, zu einem Jason oder Pjotr oder Paul, und nach wenigen Tagen wortlos zurückgekehrt.

Er hielt mich an der langen Leine, er ließ mich zappeln, er quälte mich und sich selbst dazu. Es falle ihm schwer, meinte er trocken, er bringe es nicht über sich, mich jetzt, wo ich langsam in das kritische Alter käme, im Stich zu lassen. Das war Schwachsinn, er wusste es, in Wirklichkeit war er nur zu faul. Er fand den Absprung nicht, es war ihm zu kalt draußen, und wer würde sich um seine Gebrechen kümmern?

Ich war fünfundvierzig Jahre alt und hatte mich längst mit meinem Alter abgefunden und war stolz darauf. Bills vorgeschobenes Mitgefühl fand ich grotesk, es kränkte mich und ich nahm es ihm übel.

An jenem Morgen überraschte mich seine Rückkehr. Ich hatte gerade geduscht und trocknete mich ab, als die Wohnungstür klappte. Wie bescheuert, dass die Heimkehr des verlorenen Sohnes mich glücklich machte! »Du weißt auch nicht, was du willst, Karsten Schäfer«, kommentierte ich mich selbst und rieb mir mit dem Handtuch einen jähen Schmerz in die Schultern, in die Schenkel.

Bill, mein dunkler Prinz, und ich waren kurze Zeit, vor einigen Jahren, ein Liebespaar gewesen. Dann hatten wir entdeckt, wie wunderbar wir miteinander leben konnten. Wie gut wir uns ergänzten. Er war eigentlich der Sohn, den ich immer gern gehabt hätte. Ja, es hatte Frauen gegeben, Mädchen sowieso, mit denen ich mich hätte paaren können. Aber ich hatte mich doch irgendwann entschlossen, nur das schwule Leben zu leben, das in mir so lange herumgekrochen war.

Bill war fünfzehn Jahre jünger als ich, spillerig und doch muskulös, wortkarg und ungeheuer begabt in technischen Dingen. Seine schwarzen Augen glühten noch im Dunklen, so feucht waren sie vor Sehnsucht und einem unsteten Drängen. Er schor seine schwarzen Haare einmal im Jahr, immer an seinem Geburtstag, kompromisslos und konsequent. Bill war fanatisch, immer nervös, schlief häufig schlecht und war unfähig, für sich selbst zu sorgen.

Ein klarer Fall für mich. Als ich mein Talent als männliche Amme entdeckt hatte, brauchte ich nur noch ein paar Workshops bei »Schwyz«, unserem Schwulenzentrum, um es auch zu akzeptieren und auszuleben. Ich fing als Sozialarbeiter bei Schwertfisch e.V. an, die früh gestörten hungrigen und durstigen Seelen aufzupäppeln, mit ihnen zu kämpfen, zu ringen und sie schließlich am Ende – das war der schmerzhafteste Teil – in die grausame Welt zu scheuchen.

Was mir im Job fast mühelos gelang, schien plötzlich zu Hause, in meinem eigenen Leben nicht mehr zu klappen. Bill schottete sich ab; er stopfte sich mit seiner neuesten Errungenschaft, seinem X-max, die Ohren zu und wartete auf den Flash, den die Promoter versprachen. Er aß kaum noch, sein Blick war düster geworden. Nachts hörte ich, wie er unruhig durch die Wohnung lief. Wenn ich ihn ansprach, wich er mir aus.

Hatte ich etwas falsch gemacht? Nahm er Drogen? Hatte ich ihn zu eng an mich gebunden wie diese klammerigen Angehörigen, über die wir immer so herzogen? Vielleicht hatte er Ärger in seiner Firma; mir schien, als werde er immer seltener angefordert. Ich wusste nicht, mit wem ich darüber hätte reden können. Mein fehlgeleiteter Brutinstinkt wurde von allen im Team belächelt, auch wenn man mir ganz gern die schwierigsten Fälle aufdrückte. Ich fühlte mich schuldig und wusste nicht, wofür.

Bill saß am Küchentisch; den gesenkten Kopf hielt er mit beiden Händen, er verbarg sein Gesicht. Ich schwankte, ob ich ihn ignorieren oder beachten sollte. Ich setzte mich und sah ihn an. Er stank nach Rauch und Äthylen oder wie das Zeug hieß, mit dem man sich neuerdings hochbrachte. Er spreizte die Finger vor seinen Augen und erwiderte meinen Blick, stöhnte kurz auf, aber so trocken, dass ich ihn nicht ernst nehmen konnte. Er wartete, dass ich ihn fragte, aber ich war bockig. Jetzt war er dran.

»Mir geht's beschissen, Karsten«, nölte er schließlich los. »Nicht was du denkst, es ist ganz gut gelaufen mit dem Neuen. Wir sind durch ein paar Läden gezogen, gute Stimmung, korrekte Musik, da ist es mir plötzlich hier reingefahren. So'n komisches Stechen oder Ziehen, ich hab's grade noch hierher geschafft.«

Bill zog sein Trikot hoch, fuhr sich mit angewidertem Gesicht über den Magen, wanderte mit der Hand unentschlossen zwischen Ober- und Unterbauch und seinen Flanken hin und her. »Oder vielleicht doch eher hier? Nein, angefangen hat es da. Was kann das sein? Ist das die Leber oder die Milz? Übel ist mir auch. So ein Mist, wo ich mir heute Nachmittag eine Wohnung ansehen wollte, zwei Gewerberäume in Mitte. Ich muss mich hinlegen.«

Er schmiss sich auf den Futon in seinem Zimmer und krümmte sich. Ich setzte mich neben ihn, murmelte beruhigende Worte. »Schlaf erst mal, wird sicher bald besser, wird schon nichts Schlimmes sein ...« Er drehte sich noch einmal zu mir: »Kannst du bitte den Termin verschieben – mit der Besichtigung? Du brauchst nur kurz meinen Timer anzuklicken. Vielleicht auf nächste Woche? Oder sag einfach ab, ich melde mich dann wieder. Mist!«

Ratlos ging ich zu seinen blinkenden Gerätschaften, fand das gesuchte Icon, sprach die gewünschte Botschaft: »Bill Becker hat mich gebeten, Ihnen mitzuteilen, dass er leider plötzlich verhindert ist. Bitte melden Sie sich wieder, er ist weiterhin interessiert.« Wut und Sorge krochen in mir empor. Ich drehte mich um und verließ Bills Zimmer.

Er zog also wirklich aus, es war so weit. Ich konnte den Gedanken nicht ertragen. Er war so häufig krank in letzter Zeit. Brauchte er mich denn nicht mehr? Ich spürte, wie sich eine große schwarze Wolke auf mich senkte. Während ich mich anzog, verstärkte sich das Gefühl drohenden Unheils.

Auf dem Weg zur Schnellbahn beruhigte ich mich mit einem alten Trick, einem bewährten Ritual: Wer waren die apokalyptischen Reiter? Todespein durch Verbrennen, Ersticken, Ertrinken ... Meine Panik war wirklich lächerlich. Es gab Schlimmeres. Bill würde ausziehen, ich würde weiterleben und mich um all die andern kümmern, die auch heute auf mich warteten: Kevin, Marylin, Hanold, Heftschneider und Mehmet, meine Klienten. Ich redete mir gut zu und atmete langsam und regelmäßig. Es funktionierte.

2

Es war ein ganz normales Haus. Etwas groß geraten, stand es auf der Hangseite auf Stelzen. Wer als Ortsunkundiger aus der Stadt kommend auf einer der vier Spuren die Heerstraße entlangbrauste, sah es kurz zwischen den Kiefern aufblitzen, und wunderte sich. Aber da war es schon zu spät. Um es genauer anzusehen, hätte man schon Richtung Olympiastadion abbiegen müssen. Da stand es: 135 Meter lang, 56 Meter hoch, 23 Meter breit. Der berühmte französische Architekt Le Corbusier hatte das Gebäude in der Mitte des letzten Jahrhunderts als kleine Stadt konzipiert: 1400 Menschen sollten mitten im Grunewald in 557 Wohnungen billig wohnen und leben können. Es gab einen Laden, eine Post, ein Restaurant.

Diese Gegend war mir noch nie geheuer. Vielleicht wegen der Schilder, vielleicht wegen der Geschichte. Reichssportfeldstraße, Preußenallee, Steubenplatz. Wenn ich im Bus die Heerstraße entlangfuhr, knirschte immer links und rechts der Schotter unter den Stiefeln der Kameraden. Auf, marsch, marsch! Und doch pilgerten zum Corbusier-Haus neugierige Architekturstudenten aus aller Welt, schicke Notebooks mit integrierter Kamera in der Hand. Sie suchten lange nach der richtigen Perspektive und machten schließlich doch alle das gleiche Foto, schräg von unten nach oben, damit die Stelzen und die Farbsegmente an der Fassade richtig ins Bild kamen.

Als ich vor zwanzig Jahren während meines Berufspraktikums im Sozialpsychiatrischen Dienst hier die ersten Hausbesuche machte, fing das Haus schon an zu verkommen; viele Appartements standen leer, wurden als billige Eigentumswohnungen verscherbelt. Es gab immer wieder spektakuläre Selbstmorde; einmal stürzten sich drei Patientinnen der Nervenklinik Hand in Hand aus der achten Etage. In manchen Stockwerken gab es noch ein oder zwei hochbetagte emanzipierte Fräuleins, typische Mieterinnen der ersten Stunde. Sie hatten beim Landgericht Protokoll geführt oder in einem Charlottenburger Gymnasium unterrichtet. An den Wänden ihrer kleinen Maisonette-Wohnungen – Wohndiele und Küche unten, Bad und Schlafraum oben – hingen Kunstdrucke von H.A.P Grieshaber oder Chagall. Sie hatten ein Theaterabonnement, obwohl sie die Treppe in ihrer eigenen Wohnung nur noch einmal am Tag schafften. Ein Hauch von Inkontinenz hing in der Luft.

Auch später, als Sozialarbeiter im betreuten Einzelwohnen bei Schwertfisch e.V., gehörte das Corbusier-Haus zu meinem Einzugsgebiet. Ich betreute ein paar psychisch kranke Mieter über Jahre hinweg, klingelte oft vergebens an deren Tür, stand bei Zwangseinweisungen im Flur, wartete auf die Polizei und nervte die neugierigen Nachbarn, ob ich mal aufs Klo könne. Mein Darm reagierte schon damals sensibel.

Ein paar Jahre nach der Jahrtausendwende kaufte ein Berliner Wohlfahrtskonzern den ganzen Kasten mit seinen neun Etagen, den gruseligen Fluren, der Wäscherei, dem Heizungstrakt, den Parkplätzen zwischen den stelzenartigen Fundamenten und den unzähligen Ein- und Zweizimmerwohnungen. Es gab einige größere Appartements, deren Fenster zur Vorder- und Hinterseite des riesigen Komplexes gingen, gerade richtig für Wohngemeinschaften oder Pflegestationen, für eine kleine Geschäftsstelle oder Arztpraxis.

Der Wohlfahrtskonzern hatte das Haus zu einem Spottpreis bei einer Zwangsversteigerung erworben. Auflage für die Fördermittel, die das Land beisteuerte, war, dass benachteiligte Personengruppen bei der Vergabe bevorzugt werden mussten. Es entstanden damals in allen Teilen Berlins derartige Komplexanlagen, für Psychos, Aids-Kranke, Obdachlose und Haftentlassene. Der überfüllten Haftanstalten wegen ließ man immer mehr Knackis ihre Strafen, elektronisch gefesselt, in diesen Wohnungen absitzen. Der Corbusier-Komplex war ohne Zweifel die schickste Anlage, trotzdem: In wenigen Jahren sammelten sich soziale Randgruppen in einem Konzentrat, wie sie das edle Westend noch nie gesehen hatte. Das Haus war heruntergekommen. Auf den langen Fluren flackerte das Licht unter den viel zu niedrigen Decken, durch die Nottreppenhäuser heulte der Wind.

3

Ich ging von der Schnellbahn zu dieser riesigen Wohnmaschine wie ein Arbeiter in die Montagehalle. Ich zog eine Grimasse in Richtung Kontrollkamera, das machte ich oft. Vielleicht würde ich es eines Tages schaffen, meine Visage so zu zerknautschen, dass das angeblich unfehlbare biometrische Programm mich nicht identifizieren konnte. Doch es erkannte mich wie immer, die Glastüren glitten lautlos auseinander.

»Morgen. Alles ruhig heute?« Ich grüßte den charmanten Wachmann, der in der Eingangshalle eine der aufgebrezelten Pflegerinnen von »Avanti!« anmachte.

»Hallo, Herr Schäfer. Alles paletti, alles im Griff«, meinte er. Er flüsterte der Blonden irgendeine Gemeinheit über mich zu, und sie kicherte.

Die flotten Krankenschwestern und Hauspflegerinnen gehörten zu dem Spezialpflegedienst, der in der ersten Etage seine Servicestation hatte. Das Team bestand vor allem aus Emigrantinnen aus Nordkorea und Vietnam, aus den Ländern, deren Hungerepidemien ganze Landstriche nach Westen getrieben hatten. Über die Dienstleistungen der adretten Mädels und einiger fescher Jungs munkelte man sich in meinen Kreisen Ungeheuerliches zu. Aber wenn ich eine Luxuspflegestufe hätte, würde ich mir vielleicht auch lieber ein paar Körperteile massieren lassen, als einmal täglich Arm in Arm mit einer blöden Zicke um den Block zu marschieren.

Mehmet taperte auf mich zu, fragte nach einer Zigarette. Kurzzeitgedächtnis im Eimer, dachte ich, denn Mehmet fragte mich jeden Morgen, und jeden Morgen erklärte ich ihm, dass ich nicht mehr rauche. Dass man überhaupt nicht mehr raucht. Dass auch er nicht rauchen dürfe.

Mehmet hatte ein ordentliches Hemd und eine saubere Hose

an, trotzdem oder gerade deshalb sah er aus wie ein Anstaltsinsasse. Sein ganzes Leben lang hatte er immer ein ordentliches Hemd und eine saubere Hose getragen. Sein dunkles lockiges Haar war frisch geschnitten, sein Hals gewaschen, seine Joggingschuhe leuchteten. Mehmet war jetzt 52 Jahre alt, und Anstalten gab es längst nicht mehr, nur noch ein paar exklusive Psychiatriebetten in der Uniklinik. Er wurde oft angemacht: Trottel, Knallkopp, Penner, Zecke.

»Was haben Sie heute noch vor?«, fragte ich ihn mit professionellem Interesse.

»Mal gucken. In die Passage, Herr Schäfer. Im Bistro im Tageszentrum haben sie mich wieder vergiftet. Die Tabletten nehm ich nicht mehr. Da werd ich immer so müde. Da stimmt was nicht. Glauben Sie mir.«

Ich klopfte ihm auf die Schulter und ging weiter. Es war noch zu früh, um mich wirklich reinzuhängen. Ich drehte mich noch einmal um und hob die Hand. »Schönen Tag, Mehmet!«

Im Büro herrschte gähnende Leere. Janina hatte beschlossen, die nächsten Tage zu Hause zu arbeiten. Verwaltungskram, Dokumentationsmist. Ich war froh, dass sie sich freiwillig um dieses Zeug kümmerte. Und ihre Gören freuten sich über jeden Tag, an dem sie nicht vom KiTa-Mobil abgeholt wurden.

Ich zog meine Betreuer-Plaste durch den Schlitz und kontrollierte die Meldung auf dem Bildschirm: Karsten Schäfer. Dienstbeginn 9:11 Uhr. 22. Februar 2019. Zeitguthaben: 5693 Minuten. Ich klickte Janina kurz an. Wir hatten wieder eine persönliche Übergabe zu Schichtbeginn eingeführt, weil für Botschaften per Mail-Box oder Call-Center unser Geschäft einfach zu sensibel war. »Individuell, professionell, echt!«, das war die Devise, mit der wir unseren etwas teureren Intensivbetreuungsdienst Just4you/Schwertfisch Ltd. attraktiv zu machen versuchten.

»Hallo, Karsten«, grüßte Janina von dem Bildschirm. »Hoffentlich hast du einen ruhigen Tag heute! Gestern gab es ordentlich Zoff im Haus, da waren unsere Sensibelchen natürlich aus dem Gleichgewicht. Du weißt ja – wenn die Bullen im Haus sind, knallen nicht nur bei Kevin und Marylin die Sicherungen durch. Gestern waren alle neben der Spur. An der Heroinausgabe ist morgens wieder einer ausgerastet, den haben die Sheriffs ganz rüde gepackt und weggeschleppt. Sie sollen sogar zugetreten haben. Kevin wollte später zur Beruhigung eine Glyxina, obwohl wir ja in der Prophylaxegruppe vereinbart haben, dass er es mit ein paar Übungen versuchen soll. Aber er hat mir einfach Leid getan, der arme Junge. Er hatte wieder das reinste Horrorvideo in den Augen. Und mit Qigong kommt er ja einfach nicht klar. Ich denke, du solltest ihm heute noch einmal eine Glyxina geben, auch wenn unser Medikamentenbudget schon ziemlich dicht ist. Und geh mit Marylin in den Lavaraum, die war noch böse aufgeregt, als ich das letzte Mal nachgeschaut habe. Weißt du schon, dass Marylin jetzt ihr okay zu einem stündlichen Check-up mit der Kamera gegeben hat? Vielleicht können wir es dann noch eine Weile mit ihr riskieren.«

»Natürlich, jede Stunde ein Schwenk durch das Appartement, ihr wisst ja, was ich davon halte«, sagte ich und erinnerte mich verärgert an unsere letzte Supervision. »Was ist mit den anderen? Greta hat mir nichts dagelassen, muss ruhig gewesen sein heute Nacht.«

Janina stöhnte laut auf. »Hör mir auf mit Greta. Hast du mal auf ihr Zeitkonto geguckt? Die ist gestern Abend schon um eins abgedüst und hat ihre Meldung heute Morgen von zu Hause abgesetzt. Die hält uns wohl für blöde! Irgendwann passiert noch mal was, und es geht uns allen an den Kragen. Dann können wir uns die Vertragsverlängerung an die Backe schmieren. Ach noch was, hätte ich fast vergessen: Wir sollten ein Auge auf Mehmet haben. Er hat seine Medikamente abgesetzt, Jack ist mit einem Versuch einverstanden. Du weißt ja, dass es schon seit Monaten Theater wegen der Medikation gibt. Wir sprechen im Team noch mal drüber! – Aber mal was ganz anderes, Karsten. Hättest du nicht Lust, mit Bill in den nächsten Tagen zu uns rauszukommen? Die neue Datsche ist ganz schön geworden. Jetzt laden wir der Reihe nach alle Freunde ein, du weißt ja, ich bin nicht so für Massenpartys. Ein gemütliches Essen, ein Spaziergang, das täte dir und Bill doch sicher mal gut. Um draußen zu sitzen, ist es ja noch viel zu kalt. Ich dachte, ich könnte Klüppel und Rü auch fragen, was meinst du?«

Scheiße, dachte ich. Solange Bill und ich in dieser Krise steckten, war an gemeinsame Auftritte nicht zu denken. Überhaupt, Smalltalk bei glücklichen Paaren lag uns beiden nicht. Aber es war verlockend, Klüppel wieder zu sehen. Ich kannte ihn schon seit meinem Praktikum im Amt. Zusammen mit der Wölffin, der leitenden Ärztin dort, hatte er mich in die Psychiatrie gelockt. Klüppel und Rü waren ein Paar und gehörten zu meinen engsten Freunden.

»Okay, wir kommen. Du kannst ja unsere Timer abchecken, mein Passwort ist ›Leonardo‹. Tschüss.«

Ich kappte die Verbindung und sah mich noch einmal im Büro um. Hatte ich auch nichts vergessen? Früher hatte man immer zuerst ins Übergabebuch geguckt, an die Pinnwand oder in die Betreuungsakten. Alles abgeschafft! Ich prüfte, ob nicht irgendwo doch ein Warnlämpchen aufleuchtete oder eine grelle Botschaft auf einem der Bildschirme herumzuckte. Doch alles schien ruhig und friedlich. Aber wenn ich nicht bald mit meinen Routinechecks anfing, würde das Leuchtfeuer nicht lange auf sich warten lassen.

Ich konzentrierte mich auf die Monitore. Seit Juli hatten wir einen forensischen Patienten, Hanold, unter geschlossener

Dauerbeobachtung, das finanzierte einen halben Sozialpädagogen. Er hockte träge auf dem Sofa und zog sich einen zensierten Porno rein. Ich würde mich später um ihn kümmern.

Alle anderen Kandidaten, mit denen wir einen Betreuungsvertrag abgeschlossen hatten, machte ich mit einem freundlichen Ding-Dong darauf aufmerksam, dass die Kameras für zwei Minuten aktiviert wurden.

Also Ding-Dong bei Marylin Reuter, Ding-Dong bei Herrn Heftschneider und Ding-Dong bei Kevin Kraushaar. Alle anderen würden sich im Laufe der nächsten Stunde im Corbusier-Chaos-Club, kurz C-C-Club genannt, einfinden, wenn sie nicht schon längst ungeduldig dort saßen oder in der Cafeteria Frühstücksflocken löffelten

Ding-Dong bei Marylin in Appartement 712, also Nummer 12 in der 7. Straße, Seventh Avenue, so nannte man neuerdings die Stockwerke.

Ich schaltete nacheinander die vier Kameras ein. Ich konnte Marylin nicht finden. Auf dem Klo konnte sie nicht sitzen, auch im Bad war eine Kamera installiert. Schließlich entdeckte ich sie: Zusammengekauert in einer Ecke auf dem Fußboden, riss sie an ihren Haaren herum. Sie schaukelte hin und her wie ein Rettungsboot in den Niagarafällen. Ich erschrak und wurde hellwach, weich und offenherzig. Janina hatte Recht, eine Sitzung im Lavakeller würde ihr gut tun. Jetzt durfte ich nicht mehr zu lange herumtrödeln. Ich prüfte kurz ihre Biodaten – Puls, Blutdruck, Temperatur –, aber alles schien im grünen Bereich. Wo ich schon dabei war, prüfte ich auch gleich meine eigenen Daten. Der kleine implantierte Sender, Szillo genannt, war inzwischen so selbstverständlich für den krankenversicherten Bürger wie ein Personalausweis. Aber auch meine Daten waren ohne Befund – Trauer und Verzweiflung registrierte die schnöde Biotechnik noch immer nicht.

Ding-Dong bei Herrn Heftschneider, der nie das Büro oder die Gemeinschaftsräume betrat. Herr Heftschneider war ein Messie, ein zwangskranker Sammler, der einmal in der Woche von den »Flotten Bienen« besucht wurde.

Bei den »Flotten Bienen« hatten sich zirka vierzig Frauen organisiert, die für sinnvolle Tätigkeiten angefordert werden konnten. Sie waren nicht mehr so schrecklich jung und auf unserem Elitearbeitsmarkt nicht mehr vermittelbar. Ihr Engagement bei den »Flotten Bienen« oder irgendeinem anderen der vielen Bürgerdienste machte ihre langen Tage weniger sinnlos und besserte ihre Grundversorgung etwas auf.

Ihre Entmüllungsaktionen bei Herrn Heftschneider waren inzwischen allseits bewunderte Happenings. Sie schienen ihn anzustacheln. Je mehr sie aufräumten und wegwarfen, desto schneller sammelte und organisierte er. Letzte Woche war es ihm gelungen, einen der riesigen Müllschlucker anzuzapfen, und er hatte seine Bude innerhalb eines Tages mit stinkendem Unrat voll gestopft. Herr Heftschneider schmiss wie jeden Morgen seinen Kasten an und begrüßte mich persönlich.

»Guten Morgen, Herr Schäfer. Wünsche wohl geruht zu haben. Wie ist das werte Befinden?« Er wirkte ziemlich erschöpft, Schweiß glänzte auf seiner Stirn. Hatte er heute Nacht wieder eine Müllorgie gefeiert?

»Danke der Nachfrage, Herr Heftschneider. Es könnte nicht besser sein. Haben Sie sich denn schon Ihr Morgenmahl einverleibt?«

Ein schlechtes Gewissen hatte ich schon, Herrn Heftschneider so zu verarschen. Aber er genoss diese gestelzten Dialoge, das wusste ich. Es drehte mir den Magen um bei der Vorstellung, was er wohl gestern im Abfall gefunden hatte und heute aufaß. Aber wir hatten Herrn Heftschneider in den letzten Jahren regelmäßig in der Etatkonferenz überprüfen lassen und immer die

Empfehlung erhalten, ihn so weiter leben zu lassen: therapeutisch ausgereizt, ethisch korrekt, subjektive Lebensqualität über Level, nur die Wohnung durch regelmäßige Wartung bewohnbar halten. Brachte uns einundzwanzig Betreuungsmodülchen in der Woche. Und Heftschneider hätte den Dienst gewechselt, wenn wir ihn gepiesackt hätten, sein juristischer Beistand fuhr voll auf die Selbstbestimmungswelle ab.

»Besten Dank, Herr Schäfer. Ich habe vorzüglich gespeist. Ich bin ein wenig indisponiert – eine kleine Influenza vielleicht, ich werde es vorziehen, heute zu ruhen. Ich bitte darum, nicht geweckt zu werden!«

Heftschneider war gerade noch zwischen Stapeln aus leeren Verpackungen, Wegwerfschüsseln und Isolierfolien zu erkennen. Er hob die Krallenhand – seine Fingernägel durften nicht geschnitten werden! – und winkte wie Queen Mum bei der Fahrt in der königlichen Kutsche.

»In Ordnung, Herr Heftschneider. Hoffentlich ist es nichts Ernstes. Melden Sie sich, wenn Sie einen Wunsch haben. Gute Besserung!« Ich drehte ihm den Saft ab.

Ding-Dong bei Kevin. Ich hoffte, er würde sich aktiv melden, aber er reagierte nicht. Die Kamera fand ihn im Bad, er schmierte sich mit kreisförmigen Bewegungen eine weiße Paste ins Gesicht. Zahnpasta? Frischkäse? Eine kosmetische Packung? Er sah in den Spiegel und blickte gleichzeitig an sich vorbei in ein fernes Land. Ich konnte das so genau erkennen, weil die Kamera direkt hinter dem Spiegel montiert war – sähe er sich selbst in die Augen, müsste er in den Fokus der Kamera und damit direkt in meine Augen schauen. Aber er blickte an mir vorbei in ein fernes Land. Von diesem Land hatte ich inzwischen reichlich gehört. Ich wollte dort nicht wohnen. Ich holte eine Packung Glyxina aus dem Safe und ging zum Fahrstuhl.

Vor der Heroinausgabestelle bot sich dasselbe traurige Bild

wie jeden Morgen. Alte Freaks, mittelalte Drückerinnen und ein paar übrig gebliebene Punks blödelten in Grüppchen und rauchten trotz des strengen Verbots. Zwei Sicherheitsleute lümmelten in den Ecken herum, ab und zu wurden sie von den Junkies angepöbelt. Die beiden Jungs sahen klasse aus, durchtrainiert, in anthrazitfarbenen Strampelanzügen aus Noralen.

Sie musterten mich verächtlich.

Im Spritzenraum waren alle Plätze besetzt. Wer am Schalter seine Medicard in den Schlitz gestopft, seine Fingerkuppe gepikst und sein Pack erhalten hatte, ging nervös in den gekachelten Raum, und kam entspannt wieder raus. Man konnte neidisch werden, vor allem, wenn sie an warmen Tagen ihren Rausch in den Blumenrabatten neben dem Parkplatz abhingen. Aber das hier war alles noch harmlos. Nur die seriösen, die registrierten Nadler kamen in unser Viertel. Ich hatte mir einmal von einem Kollegen die Druckräume im Neuköllner Osten zeigen lassen. Dort hatten die Junkies anderen Fixern die gefüllten Pumpen vom Arm gerissen, während die Sicherheit sich wegdrehte. Warum für so was das Leben riskieren?

Die braun-schwarze Security hörte nicht auf zu glotzen. Ich war schon wieder zu dick. Die letzten Rezeptorenhemmer hatten phänomenal gewirkt, ich hatte gefressen und trotzdem dreizehn Kilo verloren. Aber mein Arzt verschrieb sie mir nicht mehr, seit es nach ein paar Todesfällen in den USA zu astronomischen Regressforderungen gegen Mediziner gekommen war. Das Zeug sei halt doch riskant und seine Versicherung schon teuer genug. Ich würde es mir schwarz besorgen müssen. Ich hasse diese Pillenszene, aber so asozial auszusehen hasse ich noch mehr.

Im Fahrstuhl hatte wieder mal jemand geraucht. Das weiße Löschpulver, das die Brandmelder absondern, staubte mir die Schuhe ein. Ich fluchte. Einer lachte. Ich sah mich um und entdeckte Jonathan Brauer, meinen alten Schwarm. Er war sicher auf Hausbesuchstour, unterwegs zu den Jungs in der Aids-WG. Er hielt sich die Hand vor den Mund und kicherte. »Karsten, altes Haus. Du hast aber ordentlich zugelegt! Soll ich dir die Adresse von meinem Doc geben? So würde mich meiner nie rumlaufen lassen!«

»Jonathan, halt die Schnauze! Du solltest froh sein, mal wieder einen richtigen Ranzen zu sehen. Bei deinem Job.«

Ninth Avenue, ich war da. Ich drückte bei Kevin auf den Summer, machte mein freundlichstes Gesicht. Er ließ mich warten. Zeit, noch ein bisschen weiterzukochen. Wütend reckte ich mich und zog den Bauch ein. Jonathan Brauer also, durchgestylt wie diese Werbefritzen. Was hatte ich an dem gefunden damals, vor Bill oder nebenher?

4

Kevin betätigte endlich den Öffner, ich steckte meine Zentralplaste wieder weg.

Aus seinem dick beschmierten Gesicht schaute er mich verwundert an und gab sich dann einen Ruck. »Hallo, Herr Schäfer.« Mehr war nicht drin.

Ich folgte ihm, beschloss, ihn nicht auf seine Maske anzusprechen. Vielleicht brauchte er die, vielleicht trug man die in dem Land, in dem er dieser Tage wohnte.

Er hatte sich die Kopfhaare frisch abrasiert, trug ein weißes Fleece-Shirt. Eine schwarze Jogginghose aus Synthex schlabberte um seine dünnen Beine. Er sah aus wie ein todkranker schwarzweißer Clown.

»Mit Wasser oder ohne?«, fragte ich und brach ihm zwei Glyxina aus der Verpackung.

»Nur eine«, murmelte er und warf sie sich in den Rachen.

»Okay. Nur eine. Wie du willst. Du kannst dich jederzeit melden, wenn du noch eine willst. Du weißt, ich halte nichts von dieser Spriri-Quälerei. Was war denn gestern los? Erzähl doch mal. Willst du hier oben was essen oder sollen wir in die Cafeteria gehen?«

Ratlos fingerte Kevin in seinem Gesicht herum. Plötzlich schien er zu entdecken, dass da etwas war, was da nicht hingehörte.

»Setz dich. Ich bring das in Ordnung.«

Kevin setzte sich auf sein gluckerndes Wasserbett und ich versuchte, halb im Stehen, halb im Knien, mit Klopapier sein Gesicht sauber zu reiben. Er hielt still. Das Wasserbett wabbelte unter meinen Knien. Er schloss die Augen. Er war ein kleines Kind. Die Mutter reibt mit dem Handtuch das Gesicht trocken, mit einem Zipfel fährt sie in die Ohren, sanft und hart. Er ließ sich nach hinten fallen und kauerte sich zusammen. Ich hielt seine Schulter und wartete ab. Ziemlich lange, denn ich kannte das Tempo von Kevin schon. Es war mein Tempo. Wir beide hatten – in verschiedenen Ländern – jede Menge Zeit.

Später inspizierte ich seinen Kühlschrank und fragte, ob die »Flotten Bienen« ihn mal desinfizieren sollten. Er nickte und zuckte gleichzeitig mit den Schultern.

Wir gingen zusammen zum Fahrstuhl, ich drückte auf Erdgeschoss.

Im Fahrstuhl kicherte eine Alte aus der Nancy-Reagan-Suite, einem Wohnprojekt für demente Wegläuferinnen. Sie freute sich, dass es ihr gelungen war, abzuhauen. Wahrscheinlich wusste sie nicht, dass ihr bunter Button außer dem Aufdruck »Hallo, ich heiße Lydia Kopitzke« auch einen kleinen Sensor hatte, mit dem man sie überall finden konnte. Machte ja nichts. Ich lachte zurück, und sogar Kevin konnte sich ein Grinsen nicht verkneifen.

Ich musste an meine Oma denken, die ihre letzten Jahre in einem geschlossenen Pflegeheim verbracht hatte. Wenn sie schon diese leidigen Demenzen, an denen die Hälfte der Weltbevölkerung litt, nicht knacken konnten, dann sollten sie wenigstens den technischen Fortschritt nutzen und sie rumlaufen lassen. Wie hatte meine Oma ihre Fußmärsche vermisst. Was würde aus mir werden, wenn ich nicht mehr stundenlang durch die Alleen wandern konnte? Würde man mich in ein Sterbehilfeprogramm abschieben?

Wir gingen zusammen in die Cafeteria, tranken Kaffee und Kevin aß mehrere Getreideriegel. Kevin aß nur synthetische Nahrung, aus der Apotheke oder dem Food-Shop, nichts Tierisches, keine Eier, keine Milch. Kein rohes Gemüse, kein rohes Obst. Seiner Ansicht nach lebte das alles noch: »Wenn du eine Möhre liegen lässt, bekommt sie neue Blätter. Sie fängt an zu sprießen. Wie kannst du so etwas nur essen?« Für Kevin war nur künstliche, chemisch produzierte Nahrung rein, und nur reine Nahrung konnte er essen. Er wusste, dass sein Riegel nicht wirklich aus Getreide war, er war aus gefriergetrockneten Getreideflocken, gefrostet, platt gewalzt, zermahlen und erhitzt. Der Riegel war tot, er lebte nicht mehr. Man konnte ihn unbesorgt essen.

Kevins Nahrungsmarotte war nicht ganz billig, dafür kosteten die Klamotten aus Chemiefaser, die er ausschließlich trug, nur einen Bruchteil von dem, was unsere Kleidung kostete: ungespritzte Baumwolle, Viskose aus Norwegen, Wolle von Gaia-Schafen. Also besorgten wir Kevin sein steriles Design-Food.

Ich war immer froh, wenn Kevin etwas unbesorgt zu sich nehmen konnte. Er war fast immer besorgt. Eigentlich hieß Kevins Krankheit »Überbesorgtheit«. Er erzählte mir jetzt in einer Art rhythmischem Rapgesang, was er gestern im Foyer gesehen hatte. Eine alte Fixerin hatte nicht gewartet, bis ein Platz im Druckraum für sie frei war. Sie war zurück in die Halle gegangen, hatte sich auf eine Bank gesetzt und das Heroin gesnift. Von ihrem Handrücken. Der Sicherheitsmann, der sie dabei beobachtete, schlug ihr den Stoff aus der Hand. Die Frau brüllte und hämmerte mit den Fäusten in das Gesicht des Wachmannes, der stieß sie zu Boden. Andere Junkies kamen dazu, stippten mit angefeuchteten Fingern den Stoff vom Boden, es gab ein Handgemenge. Als Alarm ausgelöst wurde, geriet Kevin in den Strudel. Er kam zwar körperlich heil wieder heraus, hörte aber wilde Stimmen und sah die alten Fratzen wieder, die ihn schon häufiger bedroht hatten.

Ich ließ ihn die Geschichte zweimal erzählen, zeigte Entsetzen und Bedauern und beschloss dann, Kevin auf den Boden zurückzuholen. So hatten wir es in der Supervision besprochen: Struktur geben, Grenzen setzen, halten und erden. Eben dieses ganze altbackene Zeug, das sie gerade wieder neu entdeckten. Mir war es recht, ich war auch altbacken, es war mein Zeug.

»Was hast du heute noch vor? Wie weit bist du mit deiner Zwischenprüfung?«

Kevin war im 7. Semester seines Nautik-Fernstudiums. Mathematik, Astrologie, vor allem aber Astronavigation waren seine große Leidenschaft. Er wusste und wir wussten und er wusste, dass wir wussten, dass dieses Studium ohne jeglichen praktischen Nutzen für seine Zukunft war. Warum sollte auch gerade er später einen Arbeitsplatz finden? Trotzdem hatten wir ihn ermuntert. Für tagesstrukturierende Tätigkeit wurde unseren Klienten ein erhöhter Bedarfssatz zur freien Verfügung gewährt. Ein Anreiz aus pädagogischen und psychologischen Gründen.

Kevin hielt mir jetzt einen Vortrag über die Wikinger und ihre Navigationskünste. Hatte Leif Eriksson es nicht mit einfachsten Mitteln geschafft, Amerika zu entdecken? Seine Stimme veränderte sich und ich erkannte den leichten Schweizer Dialekt seines persönlichen Studienberaters im Uni-Net wieder. Während er immer neue Fachbegriffe sorgsam in seinem Mund zerbröselte, hatte ich Zeit nachzudenken. Ich hatte jetzt noch zwei Stunden, um meine Kontakte abzuhaken, und musste dann losrennen, um rechtzeitig im Tageszentrum beim monatlichen Palaver zu sein. Ich beschloss, meine Treffen mit Kevin auf einen meiner freien Tage zu legen. Irgendwie war das Quatsch, sich nur an den bezahlten Tagen mit ihm zu beschäftigen, in blöder Hektik und mit schlechtem Gewissen. Meine bezahlte Präsenzzeit betrug inzwischen nur noch zehn Stunden in der Woche, zwanzig Stunden hatte ich Rufbereitschaft, meistens in der Nacht. Den Rest der Woche verbrachte ich mit der Beratung im »Schwyz« und mit Besuchen im »Last Hope«, einem Hospiz in meiner Nachbarschaft. Das Urlaubmachen hatte ich mir schon lange abgewöhnt, obwohl der Stand auf meinem Zeitkonto mir mindestens eine Weltreise erlaubt hätte. Aber wozu?

Als Kevin zehn Minuten erzählt hatte, unterbrach ich ihn: »Sollen wir später zusammen in die Stadt fahren, deine Proteine kaufen, oder machst du das alleine? Von der nervösen Tetzlaff von den ›Flotten Bienen‹ lässt du dich ja nicht mehr begleiten. Oder hast du Lust heute zur Abwechslung mal ins Fitnesscenter rüberzugehen? Ein bisschen Bewegung täte dir vielleicht gut, eine halbe Stunde Work-out oder zwei Runden Squash, falls du dich mit einem Fettwanst als Begleiter nicht genierst? Wir können auch deine Übungen zusammen machen.«

Kevin sah durch mich hindurch, in das andere Land hinüber, das ihn mit geheimnisvollen Botschaften lockte. »Ich geh wieder rauf. Das Zeug wirkt, ich werde müde.« Kevin stand schleppend auf, knüllte die Verpackungen seiner Riegel zusammen und stand dann unschlüssig vor den sieben Schächten der Mülltrennungsbox. Sie hatten in der Cafeteria noch keinen automatischen Sortierer angeschafft, weil die Bewohner das Trennen üben sollten. Keiner wusste, ob sie nicht später einmal auf dem Land oder gar in Übersee leben würden; nur wer das Trennen im Schlaf beherrschte, bekam keinen Ärger mit den Öko-Sheriffs von »Green Planet«.

Ich stand auf. »Ich komme mit, muss noch nach Marylin schauen.« Wir trotteten zum Fahrstuhl, wortlos. Kevin ließ sich nicht einmal eine klitzeklein Bemerkung über Marylin entlokken. Ich wusste, dass Marylin ihn anzubaggern versuchte. Aber Kevin waren Menschen erst recht zu lebendig, Männer und Frauen. Ich war der Einzige, der ihn ab und zu anfassen durfte.

5

Ich stieg in der Siebten aus, hob zum Abschied noch einmal die Hand. Kevin sah durch mich hindurch.

Ich machte mich an Marylins Tür bemerkbar, sie reagierte nicht. Das hatte ich auch nicht erwartet. Ich benutzte meine Zentralplaste und fand sie im Bad, noch immer in der Hocke auf dem Boden, ein Folienschweißgerät neben sich. Über ihre Arme zogen sich ein paar frische, erschreckend gradlinige Verbrennungen. Ich packte das Gerät in die Küche, ging neben ihr in die Hocke und ließ meinen Hintern an den Fliesen herunterrutschen. Endlich saß ich.

»Hast du Zigaretten?«, fragte sie mich.

Ich schüttelte den Kopf. »Du spinnst wohl. Selbst wenn ich heimlich rauchen würde, würde ich es dir nicht sagen. Aber wir haben unten ein paar, im Notfall-Set im Safe. Bist du ein Notfall?«

Marylin antwortete nicht. Also hielt ich auch die Klappe. Wir hatten strenge Anweisung von unserem Supervisor, unsere Selbstverletzer nicht auf ihr selbstverletzendes Verhalten anzusprechen, sie nicht zu bedauern und ihnen keine Vorwürfe zu machen. Stattdessen sollten wir sie ohne Kommentar medizinisch versorgen oder sie zum Pflegestützpunkt bringen, wo immer ein paar Ärzte untätig herumsaßen und ihnen diesen neuen Gewebekitt aufschmieren konnten. Die Wunden schlossen sich damit innerhalb von Minuten, es war wie ein Wunder.

Die Brandstreifen erschienen mir harmlos im Vergleich zu den Löchern, Schnitten und Entzündungen, die ich an Marylin in den letzten zwei Jahren gesehen hatte.

Sie besuchte seit kurzem eine Selbsthilfegruppe, »Love hurts«, die ihr, fand ich, erstaunlich gut tat. Die Frauen von »Love hurts« gingen knallhart miteinander um. Keine fiel in Ohnmacht, keine kreischte, wenn Marylin sich wieder einmal selbst massakriert hatte. Ich war nicht knallhart, ich kreischte nicht, aber ich kümmerte mich. Ich war ein Weichei, und unser Supervisor konnte mich mal.

Ich kramte auf der Ablage herum und fand eine unglaublich aseptisch aussehende Salbe. Ich schmierte sie auf Marylins Striemen und versuchte es noch einmal. »Wenn du ein Notfall bist, kann ich dir offiziell eine Zigarette holen. Wenn du kein Notfall bist, kann ich dir höchstens eine klauen. Aber ungern. Auf jeden Fall gehen wir beide jetzt in den Lavaraum, exakt eine Stunde. Janina lässt dich schön grüßen, es täte dir gut. Komm, auf jetzt, wir gehn.«

Marylin stieß mich mit dem Ellbogen in die Seite und kreischte auf. Sie lief ins Zimmer, ich wuchtete mich langsam hoch. Was jetzt kam, das kannte ich schon. Marylin wollte überwältigt, festgehalten, gezwungen werden. Dieses altmodische »Ich will mich spüren«-Getue. Gerade deshalb sollten wir ja in den

Lavaraum gehen – einbinden, Halt geben, begrenzen. Das ganze orthodoxe Programm nach Dörner, Plog und wie sie alle hießen. Der Katechismus eben.

Aber Marylin wollte kein Programm und keine Therapie, sondern einen authentischen Zweikampf mit mir. Den kriegte sie.

Sie funkelte mich an. »Du musst mich schon tragen, anders komme ich nicht mit«, quäkte sie aus der Kochnische und hielt eine Gabel in der Hand. Also packte ich sie, nahm sie auf den Arm und setzte sie vor dem Fahrstuhl wieder ab. So machten wir es immer. In diesem irren Kasten hätte sich zwar keiner gewundert, wenn ein fetter Sozialarbeiter einen platinblonden Hollywoodstar auf dem Arm trug, aber ich machte mich nicht unnötig zum Affen. Marylin stand bockig in der Ecke und versuchte nicht zu grinsen.

Den Lavaraum hatten wir uns vor einem Jahr von einem Resozialisierungsprojekt einrichten lassen. Die Pläne stammten von unserer Spiri-Gruppe; ein hochbetagtes Architektenteam, Corbusiers Neffen oder so, hatte sie mit einem Haufen EU-Knete umgesetzt.

Mit meiner Zentralplaste öffnete sich auch diese Tür – Klienten hatten ohne Profibegleitung keinen Zutritt. Hier gab es nur Infrarotlicht, unsere Augen mussten sich an die Dunkelheit erst gewöhnen.

»Welche Musik willst du?«, fragte ich Marylin. Aber ich wusste es ja schon. Frank Sinatra, egal was. Ich programmierte die Akustik und die Temperatur, 39 Grad müssten reichen. Ich wollte Marylin sanft kriegen und weich, aber sie sollte nicht zerlaufen.

»Welche Matsche willst du heute? Lehm, Lavagries, Torf, Heu oder lieber Kamillenblüten?«

Marylin trocken: »Wasser!«

»Nur Wasser is nich, das weißt du ganz genau. Kein Glibberkram, kein Wasser, keine Eselsmilch. Das hat dir deine Therapeutin doch hundertmal erklärt.«

Marylin entschied sich für Fango, zog sich aus und legte sich in das Becken. Ich suchte noch schnell einen Duft aus – Minze, gegen die Regression – und ließ dann den Fango einlaufen. Vorschriftsmäßig setzte ich mich auf den bequemen Sessel neben der Kuhle und dimmte das Licht ein wenig. Sinatra swingte durch den Raum, die Minzeessenz brannte in meinen Augen, ich nickte fast weg. Marylin suchte nach meiner Hand, das machten fast alle: Sie wollten gehalten werden, um nicht ganz wegzurutschen.

Manchmal feierten wir vom Team hier unten eine kleine Fete, und mit ein paar Jungs vom »Schwyz« hatte ich auch schon mal rumgedreckt. Die Reinigungscrew verlangte doppelten Lohn, um die Sauerei wieder wegzumachen. Ich hatte mir fest vorgenommen, Frau Münnich aus dem »Last Hope« noch einmal hierher zu bringen, bevor sie starb. Ich musste mich, nur dieses eine Mal, beeilen, sonst war es zu spät.

Marylin fing endlich an zu reden. Ich ließ ihre Worte ungehemmt fließen, wie man es mir beigebracht hatte. »Meine Mutter hat am Wochenende ihren Geburtstag gefeiert. Ihr nobler Gönner war natürlich auch da. Hat mich wieder angemacht, vor allen Gästen. Sie hat nur hämisch gelacht. Ich wär selber schuld, so wie ich mich aufmotze. Ich hasse die Alte!« Es wurde wieder still, Marylin schluchzte eine Weile. Ich knetete ihre Finger.

Als die Zeit um war, wurde der Fango abgesaugt, eine Dusche, erst lauwarm, dann eiskalt, setzte ein. Wir arbeiteten immer mit Kälte am Schluss: kalt, aber herzlich, wie wir zu sagen pflegten.

Beim Abtrocknen und Anziehen erzählte Marylin von der

Selbsthilfegruppe. »Zwei Frauen haben von ihren Kontakten in der Sado-Maso-Szene erzählt. Sie wollten sich quälen lassen und so. Kostete aber einen Haufen Geld, für umsonst war es nicht steril genug. Wenn sich die Typen dran aufgeilen, geht der Effekt flöten. Es funktioniert einfach nicht. Jetzt wollen einige durchsetzen, dass man seinen Hilfeetat auch dafür verwenden kann. Immerhin sind wir klinisch anerkannt krank, autoaggressives Verhalten ist eine medizinische Diagnose, hat diese Internistin gesagt, die auch bei ›Love hurts‹ ist. Deshalb wollen sie diesen neuen Pflegedienst, ›Avanti!‹ heißt er wohl, fragen, ob die das für ein paar Module machen würden. Statt psychotherapeutischem Gelaber ein paar Sitzungen auf der Folterbank. Was hältst du davon?«

Ich war ziemlich geschockt, sagte es aber nicht. Dass alles professionalisiert wird, jedes intimste persönliche Bedürfnis, war mir in meinem Innersten zuwider. Ich glaubte noch an die wahren, unbezahlten Gefühle, gehörte damit aber wohl langsam zum alten Eisen. Und schließlich: Was sollte ich meckern? Gehörte ich nicht genauso zu diesem Gewerbe? Ich bemutterte Leute, kümmerte mich professionell, war eine männliche Gefühlsamme.

»Ich weiß nicht. Kommt mir ein bisschen überzogen vor«, redete ich mich raus. Dann ging ich auch mit Marylin in die Cafeteria und sprach bei meinem dritten koffeinfreien Kaffee heute ihren restlichen Tag mit ihr durch.

»Das Übliche. Ich gehe in den C-C-Club. Bisschen Karaoke, bisschen Billard. Vielleicht treffe ich wen.«

Ich nickte. Was sollte sie auch tun? »Denk dran, dass deine Therapeutin dich morgen persönlich, hörst du, in echt sehen will! Karl ist morgen da, er fährt dich sicher in seinem neuen, absolut schadstofffreien Hydromobil, wenn du willst.«

Ich setzte mich in Bewegung. Das Tageszentrum wartete. Ein

letzter Blick ins Büro, Karl war schon da und nickte mir zu. Er trug eine seiner wunderschönen selbst gewebten Jacken. Er machte alles selbst, da draußen in Ribbeck. Die Schafschur, das Färben, das Spinnen. Er war tadellos schlank und nahm auf die Minute genau sein Androgyl. Wir wussten es, weil seine Uhr jedes Mal piepte, wenn er es schlucken musste. Ihm war noch kein einziges Haar ausgegangen, obwohl er über fünfzig war und sein Vater eine Glatze hatte. »Hab schon gesehen«, meinte er, »du warst mit Marylin im Lavaraum. Ihr Hilfekonto ist schon ziemlich runter. Vielleicht sollten wir sie in der nächsten Etatkonferenz neu einstufen lassen. Und Kevin kann noch eine Glyxina haben, wenn er will. Mach's gut, Karsten.«

Ich nickte kurz und zückte meine Karte, um mich auszutragen. Quatsch, die Teilnahme am Palaver war ja bezahlte Präsenzzeit. Ich steckte sie wieder ein.

Im Foyer wartete Mehmet, trat von einem Bein aufs andere und beschwerte sich über das Mittagessen. Ich drückte ihm einen Euro in die Hand.

Ich meldete mich kurz über meinen Brainmaster bei Bill, weil ich mir doch Sorgen machte, auch wenn mich die Arbeit wie immer abgelenkt hatte. Bill war unterwegs, es gehe ihm etwas besser. Er könne jetzt grade nicht, man sehe sich ja abends. Ich machte mich, keineswegs erleichtert, auf den Weg zum Tageszentrum. Die dunkle Wolke hing noch immer über uns, aber höher, leichter, nicht mehr ganz so drohend.

6

Im Tageszentrum überkamen mich immer sentimentale Gefühle. Mein alter Arbeitsplatz! Damals, zu Beginn des neuen Jahrtausends, war der gemeindepsychiatrische Verbund noch stark und mächtig gewesen, wir hatten so viel vor. Alle Träger hatten sich zusammengetan, wie die Expertenkommission der Bundesregierung es befohlen hatte. Zuverdienst, Tagesstätte, Kontaktstelle, betreutes Wohnen. Alles vorbildlich demokratisch organisiert, sogar die Psychiatrie-Erfahrenen hatten wir versucht einzubeziehen.

Psychiatrie-Erfahrene, so hatten sich die Betroffenen um die Jahrtausendwende genannt, gab es kaum noch. Viele unserer jüngeren Klienten waren nie stationär behandelt worden, hatten noch nie eine psychiatrische Einrichtung von innen gesehen. Sie nannten sich jetzt selbst »Psychos« und waren in einem mitgliederstarken Interessenverband, der »Psychoteria«, organisiert. Mitglieder waren beileibe nicht nur Psychose-Erfahrene; die klassische Psychose schien mir beinahe ausgestorben. Die jungen Psychos, für die ich zuständig war, hatten Ängste, waren supersensibel, hörten Stimmen, zerstachen sich die Haut oder schluckten wahllos, was ihre Stimmung zu verändern versprach. Sie waren verstört.

Wir hatten für diese Klienten ein perfektes, sorgfältig abgestimmtes Betreuungssystem entwickelt. Aber eine Entscheidung des Bundeskartellamtes hatte unser schönes Psychiatrie-Entwicklungsprogramm zum Krachen gebracht. Europaweiter Wettbewerb hieß jetzt die Devise. Der Markt für Betreuungsvereine und Pflegedienste wurde geöffnet, Bewerbungen aus allen EU-Staaten machten uns das Leben schwer. Logisch, dass wir uns nicht halten konnten. Wir waren viel zu teuer. Immerhin schafften wir es, für ein ganz bestimmtes, besonders schwieriges Klientel weiter zuständig zu bleiben und finanziert zu werden. Von uns betreute Klienten bekamen einen besonders hohen Hilfeetat, damit sie uns überhaupt bezahlen konnten. Dafür mussten wir uns verpflichten, jeden stationären Behandlungstag, der fällig wurde, selbst zu löhnen. Das Amt, in dem ich zu ganz anderen Zeiten einmal Praktikum gemacht hatte, war da knallhart.

Also übten wir uns in den absonderlichsten Methoden der Psychosenprophylaxe, der Krisenbegleitung, der Körpertherapien. Wir machten Qigong und atmeten holotrop in unserer Ausbildungsgruppe »Spirituelles Krisenmanagement«. Wir leisteten uns Jakob Kaiser, einen Pharmakologen, und ein perfektes Labor für die Hypophysenanalyse, der neueste Schrei. Wir schneiderten unseren Klienten die teuersten Neuroleptika der vierten Generation auf den Leib. Bis unser Budget platzte. Wir öffneten unsere Landgüter und Gärten im Umland, damit unsere Klienten draußen in der Natur entspannen und in echtem märkischem Sand wühlen konnten, bei Karl und Janina zum Beispiel.

Das Tageszentrum war geschrumpft, wir hatten die Büros an Pflegedienste und Servicecenter vermietet. Gute Mitarbeiter waren zur Konkurrenz gegangen. Wir hatten kleine Außenstellen in den großen Mietskasernen aufgemacht, so wie im Corbusier-Haus. Wir rechneten im Verein mit jedem Pfennig, und wer es sich leisten konnte, bekam wie ich nur noch zehn Stunden pro Woche bezahlt.

Davon zu leben war kein Problem. Jeder hatte Anspruch auf eine Komplexwohnung, das Essen kam aus dem Balkan, die Kleidung aus Fernost. Nur der angesagte Lebensstil war unglaublich teuer, und fast unbezahlbar war die Freizeit. Was sollten wir den ganzen Tag tun? Die meisten von uns arbeiteten mehr, als sie bezahlt bekamen.

Beim Palaver, der Hauptversammlung unseres Schwertfischbeirats, trafen sich einmal im Quartal die traurigen Reste des gemeindepsychiatrischen Imperiums. Der Nutzerbeirat bildete sich ein, zu allem etwas zu sagen zu haben. Wir hörten eben immer noch zu. Aber heimlich und hintenherum trafen wir Entscheidungen, zogen Stunden ab und verteilten um. Wir kontrollierten uns gegenseitig und zitterten jedes Jahr, ob unsere Verträge mit dem Bezirksamt verlängert wurden.

Ich ging in den Sitzungsraum hinter dem Bistro. Immer noch dieselben Möbel, mit denen wir damals unser neues Tageszentrum so euphorisch eingeweiht hatten. In der Mitte stand ein großer rechteckiger Tisch, aus Kirsche massiv, wie man es damals hatte.

Die anderen warteten schon, die meisten ließen sich regelmäßig von unserem Fahrdienst abholen, nur ich latschte aus alter Gewohnheit zu Fuß von der Schnellbahn. Ich grüßte die Kollegen, die alle mit mir zusammen älter geworden waren. Wir stellten keine neuen Leute mehr ein. Wer wollte, konnte bei uns Praktikum machen, hospitieren, im Rahmen seines Bürgerdienstes eine Patenschaft übernehmen. So testeten wir ohne jede Verpflichtung die Leute und boten ihnen Verträge für freie Mitarbeit an, wenn sie uns gefielen und wenn wir ein paar Stunden zu vergeben hatten.

Kurz nach der Jahrtausendwende waren wir eine knallharte Firma geworden – die netten kleinen Trägervereine hatten mit ihren Sandkastenspielen aufgehört. Es ging hart zur Sache, der europäische Markt hatte uns wachgeklopft.

Ich begrüßte Yamoto, unseren Organisationsberater. Er hatte sich die Lippen ausspritzen lassen und trug sein neues Outfit lässig zur Schau. Er konnte es sich leisten, in jeder Hinsicht. Neben ihm Ashra vom Betreuungsteam Nord, das in einem der alten Siemens-Wohnblocks seinen Stützpunkt hatte. Sie arbeitete jedes Jahr nur noch drei Monate am Stück, die restliche Zeit verbrachte sie in obskuren Encounter-Workshops, in Schwitzhütten oder bei Wüstenläufen. Sie gehörte zu unseren Baumwoll-Spiris und benutzte nur mehrsilbige Worte, die meist mit Bio, Hypno oder Trans anfingen.

Neben ihr Josef vom Kiezteam, unserem witzigsten und

gleichzeitig ältesten Haufen. Josef hatte in seiner Jugend noch so etwas wie eine Politisierung erlebt; er trug seinen Zynismus wie eine stählerne Haut über seinen großporigen Träumen. Seit zehn Jahren hatte ich ihn nicht ohne seine Lederjacke und vergammelte Jeans gesehen. Stolz präsentierte er einen langsam wachsenden Leberfleck am Kinn; aus reinem Protest gegen unsere Designer-Körper-Schemata züchtete er einen Bierbauch über dem Gürtel. Man munkelte, dass er sogar seinen fünf Kindern verbot, sich die Zähne, Ohren und Nasen korrigieren zu lassen. Er tat uns manchmal Leid, und ich hatte insgeheim Angst, so zu werden wie er.

Rachel vom Team des Tageszentrums kam herein, verteilte Gläser und Tassen und schenkte mir meinen vierten Kaffee ein. Sie gab jedem einen Teller mit einem winzigen Buchweizen-Blini aus der Bistroküche, nur mir häufte sie gleich einen ganzen Berg auf. Sie nickte mir aufmunternd zu; sie spürte, dass ich mies drauf war. Rachel hatte einen süßen rauchigen Akzent und verkleidete sich schrecklich gern: Heute war sie eine Zigeunerin, schwarz und verrucht.

Unser dynamisches Geschäftsführertandem saß an der Stirnseite, es passte nicht so recht zu uns. Ich erwischte den Platz neben Suzy, die etwas aufdringlich nach Heuschober roch – sicher ein neues Trendparfüm. Sie war um die dreißig und trug wie immer Anzug und Krawatte zu monströsen High Heels. Ihre zwei Zentimeter langen Haare hatte sie zu kleinen spitzen Kegeln verschweißen lassen. Ich kämpfte mühsam gegen den Impuls an, über diese kleinen Kegel zu streichen. Ob sie wohl piksten?

Sie öffnete ihren Taschenkalender und zog einen kleinen Brainmaster heraus. Sie flüsterte ihm ein paar Befehle in das winzige Mikro und starrte auf den kleinen flexiblen Bildschirm. Aus den Augenwinkeln konnte ich die raschen Bewegungen auf dem niedlichen Monitor verfolgen. Sie checkte rasch die Belegung der Projekte und die Bilanzen von Schwertfisch und ließ dann die Kameras durch die Betreuerbüros huschen. Sie flüsterte kurz mit Felix und stopfte dann abrupt, nach einem kurzen Seitenblick auf mich, den Brainmaster in ihre Jackentasche.

Suzy und Felix traten immer zu zweit auf und waren manchmal kaum zu unterscheiden. Sein Stretchfilzanzug war sicher vom gleichen affigen Label wie ihr Smoking; auch sein Brainmaster hing in der Jackentasche und blinkte, gierig nach Action.

Der Nutzerbeirat kam mit einem Stapel Papier, Flyer für ihr Psycho-Net, aus dem Bistro. Boris, der wilde Boris, den ich bei meiner ersten Zwangseinweisung kennen gelernt hatte, war im Spätsommer als eine Art Ehrenbeirat nominiert worden. Seit vielen Jahren war ich seine »Person des Vertrauens«, und ich war stolz darauf. Seine wilde Mähne war frisch gefärbt, schwarz wie der Noralenpullover, den er bis zum Kinn hochgezogen hatte. Seine Haut leuchtete so schneeweiß wie der Strick um seinen Hals. Er sah gut aus, klasse sogar, seit die neuen Medikamente ihn nicht mehr aufschwemmten. Er grinste mir zu und hob die Hand: »Hi, Wampe.« Nur er durfte mich so nennen. Er straffte blitzschnell die Züge, zog die Wangen ein und ließ sich genau gegenüber von Suzy und Felix auf einen Plastikstuhl fallen.

Die beiden anderen Nutzerbeiräte kannte ich noch nicht: eine erschreckend ernste, groß gewachsene Frau mit straffem Haarknoten und ein junger tätowierter Asiate in einer Art Kampfanzug. Boris gab ihnen ein paar letzte Anweisungen, vielleicht wollte er mir auch nur imponieren: Er war der Boss.

Die Sitzung begann wie ein Ritual aus uralten Zeiten. Vorstellung der Teilnehmer, Absegnung des Protokolls, Tagesordnung, nächste Termine. Suzy zog ihren Brainmaster wieder aus der Tasche, hielt ihn kurz vor ihr Gesicht und murmelte: »Aufnahme«. Dann erteilte sie den Nutzern das Wort. Die strenge junge Frau mit dem Knoten hieß Melissa Myer, wie Schulze und Meier, aber bitte mit Ypsilon in der Mitte, und bestand darauf, Mrs Myer genannt zu werden. Sie sah aus wie Winnetous große Schwester. Mrs Myer also, wir nickten. Bei Schwertfisch durfte grundsätzlich jeder Klient selbst bestimmen, wie er angeredet werden wollte. Egal wie alt er war. Dies gehörte zu den ehernen Regeln, die noch unser alter Geschäftsführer, Horst Klüppel, eingeführt hatte.

Das martialische Karate-Kid stellte sich als Ajin vor und buchstabierte sicherheitshalber den Nachnamen: Sun-Ly. Aber wir könnten ruhig Atze zu ihm sagen. Det wäre eeenfacher. Er sprach perfektes Prolo-Berlinerisch, ich tippte auf Hellersdorf/Marzahn. Er outete sich als Mitglied der »Schizokokken«, also Kämpfer an der Neuroleptikafront, einer radikalen Abspaltung der »Psychoteria«: »Wir wollen keene Pillen, keene Spritzen und keene Depots. Wir loofen doch nich als eure Zombies rum. Zerkloppt die chemischen Keulen!«

Atze schlug sich zum Abschluss seiner Ausführungen mit der rechten Handkante auf den linken Oberarm. Boris nickte und wiederholte die Geste, nur heftiger, und zuckte zusammen.

Auch ich zuckte innerlich zusammen, denn ich wusste, an dieser Stelle war in Boris' Bizeps der Glyxina-Spender implantiert, der seine Psychose im Zaum halten sollte. Er stand kurz auf und wiederholte das Ganze. Ging das jetzt wieder los?

Alle Jahre wieder revoltierte Boris gegen die Behandlung, ich kannte das schon. Genau deshalb war nach einem langwierigen Instanzenweg das Implantat verfügt worden. Boris blickte finster, schlug sich mit der rechten Handkante auf den linken Oberarm und knallte noch dreimal kurz auf dieselbe Stelle.

Die strenge Indianerin verzog keine Miene. War das ein neues

Kampfzeichen? Wir sahen uns verlegen gegenseitig an. Das konnte ja heiter werden! Die Psychos trieben uns in allen Gremien zur Verzweiflung, die radikalen Schizokokken vorneweg. Und nun hatten wir den Ärger in der eigenen Firma. Unser Organisationsberater wachte kurzfristig auf und rieb sich die Augen.

»TOP 1«, kündigte Suzy an. »Gibt es Probleme aus Sicht des Nutzerbeirats? Aber Sie haben ja gerade erst angefangen. Sie müssen sich sicher erst noch einfummeln.« Alle drei, Mrs Myer, Boris und Ajin alias Atze, winkten ab.

»TOP 2«, rief Suzy auf, »Tageszentrum. Irgendwelche Probleme?« Rachel klagte über einen Einbruch, den vierten in diesem Monat. Ein paar Obdachlose waren nachts eingedrungen und hatten morgens noch in den Ecken gelegen. Überhaupt sei die Stimmung mies. Die Besucher seien entweder niedergeschlagen oder völlig überdreht. Irgendwas liege in der Luft.

»Habt ihr Anzeige erstattet?«, fragte Suzy scharf. »Ihr hättet uns wenigstens verständigen können.« Rachel blieb wortkarg. »Wegen der Obdachlosen? Wozu denn? Das hat doch noch nie etwas gebracht. Und das Geld für eine ordentliche Alarmanlage haben wir ja doch nicht. Für uns ist das inzwischen schon Routine. Mich ärgert es nur maßlos. Ein Gang zum Amt und die hätten eine Bude in einem Wohnkomplex und Verpflegung. Aber nee, sie müssen bei uns die Sitzgruppe voll kotzen!«

Suzy schüttelte den Kopf und schielte in Richtung unseres hoch bezahlten Organisationsberaters Yamoto. Er spielte mit seinem supermegageilen winzigen Headphone, natürlich einem X-max. Vermutlich wusste nur ich, dass das Kleinteil ungefähr 8000 Schwertfischmodule gekostet hatte.

Suzy fragte die drei Betreuungsteams, und es gab die üblichen Klagen. Ärger mit den Nachbarn, Ärger mit den Vermietern. Klagen über die schäbigen Tricks, mit denen die Ärzte versuchten, unsere Klienten für ihre darbenden Praxen zu ködern. Josefs Lieblingsthema. »Letzte Woche erwischte ich diesen Kolenka oder Kalinka oder wie der heißt aus der Bismarckstraße in unserem Tagesraum. Er bot dem kleinen Schlüter für seine Medicard Gratismuster an: Abführmittel, Schlaftabletten, Anabolika. Freie Auswahl. Ich hätte ihm fast ein paar aufs Maul gehauen. Ich hasse diese freie Arztwahl, ich hasse sie!«

Wir pflichteten ihm alle bei, stöhnten und schimpften und ich stopfte mir ein weiteres Blini in den Mund.

Überall war die Stimmung schlecht, das beruhigte mich. Das passte zu meiner Niedergeschlagenheit. Auch in den Siemens-Wohnblocks hatte es Ärger mit einem Penner gegeben, der in eine betreute Wohngemeinschaft eingestiegen war und dort genächtigt hatte. Ich dachte an die Junkies zwischen den Stelzen des Corbusier-Komplexes, die mir schon lange auf den Keks gingen. Aber Ashra hatte noch mehr auf Lager. Einen ihrer Betreuten hatte die Polizei heute Morgen voll gedröhnt auf einem Spielplatz gefunden. Man hatte ihm Hundekacke in den Mund gestopft! Die Bullen hatten Ashra ein Verfahren wegen Verletzung der Aufsichtspflicht angedroht. Jetzt lag Samson, so hieß der Klient, in der überwachten Ausnüchterung. Ashra war ratlos. »So ein ganz junger, ihr kennt ja die Sorte. Der war zwar ziemlich schräg drauf, aber ich habe ihn nie mit Pillen oder Alk gesehn. Ich habe ihn auf dem Weg hierher kurz besucht, er ist noch immer nicht ansprechbar. Und in dieser Ausnüchterung war eine extrem negative Energie. Ja, ihr könnt mich ruhig auslachen, ich bleibe dabei: eine äußerst schlechte Kraft, eine ganz finstere Schwingung, die ich noch nicht einordnen kann.«

Nur wenige grinsten, die meisten zogen die Mundwinkel nach unten und nickten. »Eine schlechte Phase«, resümierten wir abschließend. Vielleicht lag es einfach an der Jahreszeit. Die Blinis waren auch alle.

»Ich hab auch noch was. Ich bitte um Aufmerksamkeit.« Suzy sah mich so komisch an, als hätte ich mir die Füllung aufs Hemd gekleckert.

»Es hat sich eine neue Angehörige von M.V.P.K.S.L. (Mütter, Väter, Partner und Kinder seelisch Leidender) beim Amt gemeldet. Sie erscheint sehr qualifiziert für die Betreuung und möchte voll eingesetzt werden. Das Amt hat ihr jetzt erst einmal eine Hospitation empfohlen. Karsten, ich habe an dich gedacht. Ich möchte dich bitten, Frau Regnier in euer Team einzuführen. Sie wäre eine große Entlastung für uns und erhält zudem aus Mitteln der M.V.P.K.S.L.-Stiftung eine Aufwandspauschale. Ich denke, ihr wisst alle, wie wichtig ein guter Kontakt zu den M.V.P.K.S.L.-Leuten ist.«

Suzy ließ sich ein letztes Mal diesen Zungenbrecher im Munde zergehen, sicher hatte sie zu Hause geübt. Wir sagten immer nur Gravensteiner zu dem alteingesessenen Angehörigenverband, denn Klaus Gravenstein war der Gründer, der Geschäftsführer und Deutschlands Angehörigenpapst.

Ich war ein bisschen sauer, dass Suzy mich vor Publikum überrumpelte. Ich nickte trotzdem. »Wann kommt sie denn?«

Suzy grinste. »Ich habe sie gerade mal dazugeschaltet, du kannst sie gleich selbst fragen.«

Von Braindisziplin hatte sie wohl noch nie was gehört. Unglaublich! Suzy drehte ihren Brainmaster in meine Richtung, und ich konnte schemenhaft – ich hatte meine Linsen nicht drin – ein freundliches Mädchengesicht erkennen.

»Hallo, Frau Regnier. Wie wärs mit 10:00 Uhr morgen? Sie kennen ja sicher den Corbusier-Komplex. Dort finden Sie mich im Schwertfischbüro.«

Suzy drehte die Lautstärke hoch: »Hallo, Herr Schäfer. Natürlich, den Corbusier-Komplex kenne ich. Um zehn also, das ist mir recht. Bis dann also, und vielen Dank!«

»Ich muss mich schon wundern«, kommentierte Mrs Myer. »Das ist ja eine Unverschämtheit. Machen Sie das immer so? Zu was sitzen wir eigentlich hier? Wäre es nicht das Mindeste gewesen, uns wenigstens vorher zu fragen? Sie lassen uns wählen, zitieren uns zu Ihren Sitzungen und halten es dann nicht für nötig, uns von derart entscheidenden Vorgängen in Kenntnis zu setzen?« Mrs Myer hatte eine fremdartig tiefe, eiskalte Stimme, die nicht zu ihrem jugendlichen Sioux-Gesicht passte. Ihr toller amerikanischer Akzent wurde erst jetzt richtig deutlich. Sie artikulierte so ausgeprägt, dass ich vermutete, dass sie eine hochkarätige Stimmbildung absolviert hatte.

Auch Boris Salowski setzte sich auf und haute mit der Faust auf den Tisch. »Affentheater! Schmierenkomödie! Ausgerechnet eine von den Gravensteinern, dieser dämliche Haufen.«

Unser Organisationsberater war hellwach. Man sah förmlich, wie seine Ohren immer spitzer wurden. Er liebte den Krach, den Ärger und die Randale. Dann fixierte er Suzy, damit sie endlich Kontra gab.

»Du liebe Zeit. Ich wollte euch doch nicht übergehen! Aber so ein Angebot können wir echt nicht ausschlagen. Überlegt mal – voller Einsatz einer ausgebildeten Fachkraft und es kostet uns keinen Pfennig! Wie sollen wir denn über die Runden kommen, wenn die uns demnächst die Hilfemodule wieder abwerten. Die Konkurrenz wird immer härter. Geht es eigentlich ums Prinzip oder ist es wieder euer alter Kampf gegen die Angehörigen?«

Ajin, genannt Atze, meldete sich endlich zu Wort. »Manno, manno. Et jeht um unsere Grundsätze. Keene Konnektschon mit den Gravensteinern, det ham wir im Verband eindeutig jeklärt. Die möchten doch nur brave ruhig gestellte Söhnchen und Töchterchen. Nimm ja deine Medikamente, Zeit für dein Zyprexa, Zeit für dein Glyxina, Zeit für dein Folsäuresäftchen, sonst muss ich dich wieder abholen lassen.«

Karate-Kid Atze hatte ein enormes satirisches Talent. Ich war verblüfft und meine Stimmung besserte sich. Das konnte ja lustig werden in den nächsten Sitzungen. Und sein Witz gab mir den Antrieb, in die Debatte einzusteigen. »Ich mach mal einen Vorschlag. Was haltet ihr davon: Einer von euch – ihr könnt selbst entscheiden, wer das sein soll – macht dasselbe, zunächst mal für ein Jahr. Wir beantragen beim Reha-Ausschuss eine EU-Finanzierung, sagen wir mal 20 Stunden die Woche. Volle Beteiligung im Team, natürlich vorher Hospitation in allen Bereichen. Keine Geheimnisse, alle Karten auf den Tisch. Im Krisendienst habt ihr ja früher auch mitgemacht. Na, was sagt ihr dazu? Könnt ihr nur meckern oder könnt ihr auch konstruktiv sein? Gleiche Rechte für Angehörige und Betroffene. Soll uns keiner nachsagen, wir wären ein Fanclub der Gravensteiner.«

Der Organisationsberater grinste, Suzy raufte sich ihre kleinen Haarkegel. Sie schnappte nach Luft, wollte etwas sagen und hielt dann doch die Klappe. Jetzt hatte ich sie überrumpelt.

7

Eigentlich genoss ich den Weg von der Schnellbahn nach Hause – ich kam mir nicht mehr ganz so exotisch, so abartig vor wie in früheren Jahren. Man ging wieder an bestimmten Tagen zu Fuß, richtig gekleidet und geplant. Man trug neonfarbene Noralen-Strampelanzüge, um nicht überfahren zu werden, sensorisch vermessene und in Spezialgeschäften angepasste Loafers und schaltete – das gehörte zu den Regeln – , die Brainmaster ab oder ließ sie gleich zu Hause. Man unterhielt sich beim Gehen! Manche gingen Hand in Hand, besonders schick war es, sich in Dreier- oder Vierergruppen einzuhaken. Kinder waren der Hammer! Man lachte, erzählte Witze. Die kleinen, wasserstoffgetriebenen Hydromobile waren so leise, dass man sich mühelos verständigen konnte.

Ich liebte es, zwischen diesen Gruppen nach Hause zu schlendern, das zugegebenermaßen ziemlich kurze Stück von der Schnellbahn zu meiner altbackenen Altbauwohnung am Klausener Platz. Jawohl. Dort wohnte ich seit zwanzig Jahren, in einer der schönsten Gegenden unserer Stadt, gegenüber vom Schlosspark, dem ich wochentags wenigstens einen Kurzbesuch abstattete, bevor ich nach Hause ging. Jeden Sonntag machte ich meinen Waldlauf im Schlosspark. Er war Tag und Nacht bewacht, immer blitzsauber, und ich begrüßte in jedem Frühjahr die riesigen Töpfe mit dem königlichen Oleander, mit Bleiwurz und Wandelröschen. Die Engelstrompeten, die Orangen, den Maulbeerbaum.

Heute machte ich ein paar Schlenker mehr als sonst; ich freute mich nicht darauf, nach Hause zu kommen. Ich bemerkte, dass einige der flanierenden Gruppen sich auffallend geputzt und kostümiert hatten. Einige sahen aus wie Lawrence von Arabien, andere wiederum wie Männer vom Bau, wie Jäger oder Cowboys. Sie lachten und hatten beiläufigen Körperkontakt. Ich überlegte, ob es heute einen besonderen Anlass zu feiern gäbe, den ich verpasste hatte.

Ob Bill wohl wieder zu Hause war? Ob es ihm besser ging? Seine Arbeitszeiten waren unberechenbar. Er hatte sich bei einem kleinen Computerservice auf die Behebung von Systemabstürzen spezialisiert und arbeitete manchmal drei Tage und Nächte am Stück, dann wieder wochenlang nur stundenweise. Er verdiente ein Schweinegeld.

In unserer Wohnung am Klausener Platz war es still. Ich öffnete angespannt die Tür zu seinem Zimmer, sah ihn an seinem Maschinenpark sitzen, den verhassten Stöpsel im Ohr.

Endlich kam Bill in die Küche, durchquerte sie aber nur, seine schönen Schultern flügellahm abgeknickt. Wenige Sekunden später kam das Wummern und Kreischen, das ihn ständig – laut oder leise – begleitete, aus dem Bad. Dieser Rhythmus war sein Pulsschlag, ohne ihn war er tot. Musikalisch hatten wir noch nie harmoniert.

Es blieb mir nichts anderes übrig, als mich mit einem anderen Stoff zuzudröhnen. Ich zappte durch alberne Gameshows, die von geklonten, wild gestikulierenden Spaßvögeln moderiert wurden. Ich weidete mich einen kurzen Moment an dem Elend der verkrachten Existenzen in der Reality-Show »Die verflixte Sieben«, die sich nun schon seit fünf Jahren in einem Dorf in der Prignitz anödeten. Aber es gelang mir nicht, mich abzulenken. Es lag eine Spannung in der Wohnung, eine Beklemmung, die mir den Brustkorb zuschnürte.

Schlimmer konnte es nicht werden. Ich wartete einen Moment vor Bills Zimmer, dann riss ich die Tür auf. Er kniete auf seinem Futon, immer noch den Pfropfen im Ohr, das Gesicht in die Hände gepresst. In dieser Kauerstellung wippte er auf und ab, als sei er ein hospitalisiertes Waisenkind; die harte Matratze knirschte und quietschte zum Stampfen der für mich unhörbaren Musik. Ich setzte mich und er schien es zu bemerken, denn er ließ sich, embryonal verkrümmt, zur Seite fallen. Ich wartete einen Moment, dann pulte ich ihm das X-max aus den Ohren. Noch immer hielt er die Hände vor das Gesicht gepresst, ich legte die Hand auf seinen Rücken.

Schließlich drehte er sich um. »Ich glaube, ich bin richtig krank. Ich spüre es ganz genau. Heute habe ich schon wieder einen Auftrag vermasselt. Ich verblöde langsam. Du musst mir helfen. Bitte, Karsten, irgendetwas Furchtbares passiert mit mir.«

Die große dunkle Wolke hing über Bill, hüllte ihn ein, so dass ich ihn kaum noch sehen konnte. Ich hielt ihn trotzdem, und es wurde eine lange Nacht. Am Morgen war alles vorbei. Bill fühlte sich besser, und ich ging mit einer ersten Vorahnung von Frühling durch die kalte Helligkeit zur Schnellbahn.

8

Carol Regnier stand eine Viertelstunde zu früh vor der Tür. Mehmet hatte sie längst entdeckt und redete auf sie ein. Er schimpfte auf das Corbusier und auf mich, wurde immer lauter und fuchtelte mit den Händen. Sie reagierte souverän, er kriegte sich wieder ein und fand sie total nett. »Fängt die hier an? Die gefällt mir. Schade, dass sie nicht raucht!« Es gelang mir, ihn abzuschütteln.

Ich schlug vor, ihr erst einmal die wichtigsten Räume im Foyer zu zeigen, so konnte ich schnell noch ein paar Croissants und Bagels für ein gemütliches Frühstück kaufen.

Carol sah irrsinnig jung aus und hatte freundliche verschmitzte Augen. Irgendwie erinnerte sie mich an Juliette Lewis in »Gilbert Grape«, einem Film aus der Steinzeit, den ich bestimmt siebenmal gesehen hatte. Wäre ich andersrum, hätte ich mich bestimmt trotz der frühen Stunde auf der Stelle in sie verliebt. Wie sie lachte! Ihre – unretuschierten! – Sommersprossen! Ihr kecker Kurzhaarschnitt passte perfekt zu ihrem Bolerojäckchen und ihren Kniebundhosen. Ein weiblicher Torero. Olé!

»Hier in der Halle ist der sensibelste Bereich. Vielleicht haben Sie draußen die Junkies gesehen – unter den Stelzen verbringen einige von ihnen die ganze Nacht und warten auf die Heroinausgabe. Ein Ausschuss überlegt zurzeit, wie wir diesen Platz sinnvoll nutzen könnten. Vertreibungstaktik, Sie verstehen schon, wir würden so zwei Fliegen mit einer Klappe schlagen.«

Carol Regnier nickte heftig und bestätigte besorgt: »Ja, hab ich auf dem Weg vom Parkplatz gesehen. Manche haben sich da ja ein richtiges Lager aufgeschlagen, mit Matratze und Planen gegen den Wind.«

»Das ist bald wieder weg. Da geht die Security nur einmal durch und fertig ist die Laube. Ratzfatz. Obwohl wir uns natürlich auch unsere Gedanken machen: Die Streetworker wurden wieder abgezogen, weil das Projekt nicht mehr finanziert wird. Statt Sozialarbeit schwarze Sheriffs. Sie können sich ja denken, was die von Junkies und Obdachlosen halten. Psychisch Kranke sind in deren Augen faule Säcke und Parasiten. Ich möchte nicht wissen, was hier abgeht, wenn wir nicht in der Nähe sind. Was sind Sie eigentlich von der Ausbildung her?«

»Das erzähle ich Ihnen nachher in Ruhe, ist ein bisschen zu kompliziert für diese ungemütliche Halle.«

Eins zu null für sie. Sie gefiel mir immer besser, ich fing an, mich auf die gemeinsame Zeit zu freuen.

»Dies ist unser kleiner Laden. Er ist ein bisschen teuer, aber dafür akzeptiert er sämtliche Plastikteile, die hier im Haus so ausgegeben werden. Unsere Forensiker zum Beispiel bekommen mit ihrer Karte keinen Alkohol. Die Senioren aus dem Demenzprojekt ›Nancy Reagan‹, das zeig ich Ihnen später, dürfen alles in ihren Korb packen, und die Betreuerinnen bringen alles wieder zurück. Es macht immer wieder Spaß zu sehen, was die alten Frauen so alles aus dem Regal holen. Wie sie sich diebisch freuen, wenn sie fünf Schokopudding-Becher in ihre Tüte packen können. Eine paar Geduldete leben auch im Haus, die können, glaub ich, nur Grundnahrungsmittel einkaufen. Und bei unseren Essgestörten können wir beim Einscannen besprechen, was für sie gesperrt ist. Wir haben es jetzt auch geschafft, dass der Laden uns zwar alle registriert, aber nicht wie diese Safeway-Filialen mit maßgeschneiderter Werbung und Sonderangeboten bombardiert. Das können wir bei unseren Leuten hier nicht gebrauchen. Ich nutze das aus und kaufe auch für mich selber hier ein. Was möchten Sie zum Frühstück? Schwertfisch freut sich, Sie heute Morgen einladen zu dürfen!«

Carol wurde ernst, auch das stand ihr gut. »Danke, nichts. Einen Schluck Algenmilch haben Sie vielleicht im Kühlfach für mich!«

Peng, da hatten wir den Salat. Eine Diätmieze, wahrscheinlich eine klassische Veganerin. So eine, die sich ihr Fett nicht absaugen ließ, sondern es sich gar nicht erst anfraß. Ich packte trotzig meine Teilchen und zog die Schwertfischkarte durch den Schlitz.

»Hier nebenan ist noch eine Arztpraxis, den Druckraum haben Sie ja schon gesehen. Hier unsere kleine Cafeteria, ganz wichtig für die Gespräche mit den Klienten. Hinten durch der C-C-Club, fürs ganze Haus; die Abkürzung bedeutet übrigens Corbusier-Chaoten-Club – sagt aber kein Mensch. Der Künstlervermittlungsdienst lässt hier regelmäßig ein Animationsprogramm durchführen, auf ABM-Basis. Außerdem gibt es ständig wechselnde Betreuung durch Praktikanten aus Schulen, Zivildienst, Bürgerdienst und Uni. Wir versuchen hier eine relativ normale Atmosphäre herzustellen, damit die Freiwilligen und die Komplexbewohner sich schon früh aneinander gewöhnen. Wenn Sie mich fragen: ein eher fragwürdiges Experiment. Ich empfinde den C-C-Club wie eine Art zoologischen Garten, wo man nicht genau weiß, wer wem eigentlich vorgeführt wird. Sind die Normalos die Vorzeigeobjekte oder sind es die Knackis, die Junkies, die Dementen oder unsere Psychos? Ich fühle mich hier nicht wohl.«

Ich hatte mich ein bisschen zu sehr ins Zeug gelegt und musterte, allmählich wieder zu mir kommend, Carol von der Seite.

»Ich hab hier auch 'ne Weile gearbeitet, und 'ne ganze Menge gelernt. Aber Sie haben schon Recht – eine künstliche Welt.«

Ach herrje, da erzählte ich ihr einen vom Jahrmarkt, und sie kannte sich hier wahrscheinlich besser aus als ich. »Peinlich, peinlich. Da kann ich ja mit meiner Sightseeing-Tour aufhören, warum haben Sie das nicht gleich gesagt?«

Sie lachte. »Keine Panik. Erstens ist das lange her, und zweitens sah damals hier alles ganz anders aus. Nur dieses Integrationsprogramm, das gab es damals schon.«

Ein bisschen eingeschnappt, beschloss ich, Carol jetzt nicht die schönen Fitnessräume im ehemaligen Heizungstrakt zu zeigen. Und auch nicht unseren exklusiven Lavaraum im Keller. Das hatte sie nun davon, ätsche, bätsche. Ich würde ihr das kleine Tiergehege hinter dem Squash-Kubus nicht zeigen, mit den Ziegen, Kaninchen, einem Reh und einem Koalabären, den Streichelzoo für die Nancy-Reagans, den auch meine Kundschaft so liebte.

Wir gingen endlich in das Büro und ich servierte das Frühstück: Leckereien und kastrierten Kaffee für mich, ein Gläschen Algenmilch für Carol.

Sie erzählte mir jetzt, gut vorbereitet, ihren Werdegang. Mit 17 und Turbo-Abitur aus McPom nach Berlin gekommen, nach ein paar Semestern Ethnopsychologie und Auslandsaufenthalt hatte sie ein Praktikum im Corbusier-Komplex gemacht und war dann gewünscht schwanger geworden. Ihr kleiner Junge, Cassius, hatte sich toll entwickelt und wuchs geborgen auf in einer WG allein erziehender Mütter. Computer waren seine ganze Leidenschaft. Dann war er immer absonderlicher geworden und auch in der Schule abgerutscht. Seit sie die Diagnose der Profis – angeblich litt Cassius an einer speziellen Form des Autismus namens Asperger-Syndrom – akzeptiert hatte, kam sie damit ganz gut klar. Und seit sie sich bei M.V.P.K.S.L. Zuspruch holte. Cassius war jetzt 19, und es war höchste Zeit für ihn, sich abzunabeln. Ihre Promotion hatte sie längst in der Tasche, Thema: Cross-Genders bei den Einwohnern Papua-Neuguineas. Sie schüttelte den Kopf: »Und jetzt bin ich hier«, als beginne ausgerechnet hier, bei den Schwertfischen, ein spannendes neues Leben.

»Also dann!« Ich fing an, ihr unser Übergabesystem zu erklären und machte eine Dreierkonferenz mit Janina und Karl, die in der vergangenen Nacht Rufbereitschaft gehabt hatten. Es sei ruhig gewesen, Kevin hatte seine zweite Glyxina nicht gebraucht. Janina wiederholte ihre Einladung in die neue Datsche, merkte aber schnell, dass ich heute für Privates nicht so zu haben war.

Beide begrüßten Carol freundlich, wenn auch deutlich distanziert. Das Team würde Carol bald kennen lernen, und jeder würde sie mögen, da war ich mir sicher.

Ich zeigte Carol unser Kamerasystem und ließ sie die Routinechecks selbstständig machen. Ich ging derweilen aufs Klo. Ich wusste, die Uniabsolventen beherrschten ihre Brainmaster und virtuellen Kobolde besser als ich. Aber nicht so gut wie Bill, schoss es mir durch den Kopf, Bill übertraf sie alle.

»Alles okay?« Ich trat neben Carol, die irritiert auf Hanold, unseren geschlossenen Forensiker starrte. »Ich habe das akustische Signal gegeben, obwohl Sie ja sagten, dass das bei ihm nicht nötig ist.« Ich grinste. Hanold hatte durch das ungewohnte Ding-Dong sofort gemerkt, dass ein Neuling am Werk war. Er beschäftigte sich in einer Weise, die vielleicht im Knast, nicht aber auf unseren Bildschirmen schicklich war. »Fuck you, Hanold«, quäkte ich leidlich amüsiert. »Darf ich Ihnen unsere neue Kollegin vorstellen, Carol Regnier! Ein bisschen Respekt, wenn ich bitten darf.« Hanold lachte und ich drehte ihm den Saft ab.

9

Wir taten so, als wäre alles in Ordnung, easy und abgeklärt. Ich räumte den Tisch ab. Als Carol wieder zu starren anfing, war ich es eigentlich leid. Doch dann starrte ich noch viel lauter. Kacke! Heftschneider lag mit Schaum vor dem Mund zusammengekrümmt in seiner Müllhalde.

Ich alarmierte sofort die Life-Saver aus der Pflegestation in der Second Street und raste mit Carol nach oben, meine Zentralplaste in der nass geschwitzten Hand. Dieses eine Mal machte mich der reale Anblick nicht schlauer. Echtbild und Kamerabild waren identisch. Es gab keinen Zweifel: Heftschneider war tot. Ich rief über meinen Brainmaster Heftschneiders Daten auf, aber ich wusste auch so, er war körperlich kerngesund gewesen. Keine Anfallserkrankung, keine hypoglykämischen Schocks, keine allergischen Reaktionen. Die Life-Saver brüllten in ihre Handys und schon ein paar Minuten später war der Notarzt da. Und die Polente (»Du meine Fresse, wie sieht's denn hier aus!«) gleich mit.

Carol redete auf mich ein. Ich versuchte ruhig zu bleiben und verfiel wie immer in derartigen Situationen in eine unangemessene Trägheit, als stellte sich mein Organismus auf Stand-by-Betrieb. Endlich schaffte ich es, Janina und das Schwertfischbüro zu informieren. Ich senkte meinen Po in Zeitlupe auf einen Folienstapel und rutschte mit ihm und in ihm zur Seite. Der Stapel gab nach und ich landete, zerknautschte Folien zwischen meinen Schenkeln, auf dem Fußboden. Meine Cordhose war gemustert mit den Essensresten der letzten Tage, wahrscheinlich von den Geduldeten.

Carol zog mich hoch, fingerte an einem eingeschweißten Reinigungstüchlein aus ihrer Bolerojackentasche herum und versuchte, wenigstens das Gröbste abzuwischen. Jetzt erstarrte ich vollständig und stand kreidebleich auf dem bemerkenswert ungastlichen Flur der Sixth Avenue des Corbusier-Komplexes. Wahrscheinlich sah ich aus wie eine dieser lebenden Skulpturen auf dem Ku'damm. Ein Beamter von der Spurensicherung jagte uns zur Seite, ein anderer grapschte nach meinem Brainmaster, um Heftschneiders Daten zu transferieren.

»Herr Schäfer!« Ich war wohl ein bisschen weggetreten. Ein seriöser älterer Herr in einem unscheinbaren Anorak sprach mich an. Er tippte mich vorsichtig an die Schulter. Seine rote, knubbelige Nase kam mir bekannt vor. Vielleicht ein neugieriger Nachbar?

»Ja, was gibt's denn?«, reagierte ich abweisend.

»War wohl eine schlichte Lebensmittelvergiftung. Wen wundert's? Die Schnellanalyse seines Speichels ergibt eine hohe Konzentration an Gift. Auf gut Deutsch: Er ist an Butolismus gestorben. Also eine natürliche Todesursache, er hat verdorbene Abfälle gegessen. Es ist vielleicht ein bisschen zynisch, aber das ist nun mal das Berufsrisiko aller Tütenpaulas und Müllsammler. Pech gehabt!«

Jetzt war ich plötzlich hellwach. Ich stierte ihn schockiert an.

»Vielleicht sollte ich mich kurz vorstellen. Kellermann mein Name, Kurt Kellermann. Wir kennen uns, Herr Schäfer, aus Ihrer Zeit in dieser Wärmestube oder diesem Club, ich weiß nicht mehr, wie dieser Laden hieß. Damals habe ich in einer fraglichen Mordsache ermittelt, das ist wohl acht Jahre her. Wurde nie aufgeklärt, der Fall. Erinnern Sie sich?«

Natürlich, Kellermann, der cholerische Kripobeamte. Ich erinnerte mich an den vermeintlichen Unfall, der damals im ganzen Bezirk für Aufruhr und viel böses Blut gesorgt hatte.

»Name fällt mir nicht mehr ein, ist ja jetzt auch nicht wichtig.« Kellermann knetete seinen beachtlichen Riechbolzen. Diese Geste war mir besonders vertraut.

Jetzt fiel mir alles wieder ein. »Natürlich, Platt. Er war angeblich an Erbrochenem erstickt, und zwar auf dem Klo der Tagesstätte. Ohne Fremdeinwirkung, das ergaben die Ermittlungen. Das kommt mir noch heute spanisch vor.«

Einer der gelben Folienanzüge trat auf uns zu. Die Spurensicherung wartete auf Anweisungen. Kellermanns Ton änderte sich. Er gab ein paar knappe Kommandos: »Proben der Speisereste in Folie schweißen, noch ein paar Fotos der Leiche und Abmarsch! Wir sind hier fertig.«

Er dreht sich noch einmal zu mir um. Er rieb und drückte an seiner geröteten Nase herum und wollte schließlich wissen, in welcher Beziehung ich zu Heftschneider stand. »Wollen Sie etwa sagen, dass der Staat noch Geld dafür bezahlt, dass jemand so haust? Waren Sie in diesem Jahr schon einmal in der Wohnung? Ich werde auf jeden Fall den Sozialpsychiatrischen Dienst informieren. Zu Zeiten von Frau. Dr. Wolff wäre so etwas nicht passiert!«

Ganz kurz blitzte die Gestalt von Frau Dr. Wolff vor meinen Augen auf: Die leitende Ärztin des Sozialpsychiatrischen Dienstes, in dem ich mein Praktikum gemacht hatte. In dem mich die Psychiatrie gepackt hatte, in dem ich das erste Mal solche Wohnungen gesehen und gerochen hatte. Ich sah, wie sie mit ihrem Komposteimer durch das abgeschabte Treppenhaus des Amtes trabte. Morgens war der Eimer leer, abends voller Obstreste und Filtertüten mit Kaffeesatz. »Schäfer, reißen Sie sich zusammen«, sagte sie zu mir, und ich gab mir einen Ruck.

Ich hob an, um die Pathogenese des Vermüllungssyndroms zu erläutern. Aber die Spurensicherung und Kellermann waren nicht interessiert. Nur Carol spitzte ihre Ohren. Also versuchte ich es etwas konkreter. Ich erzählte von dem regelmäßigen Einsatz der »Flotten Bienen«, von der Fallvorstellung in der Etatkonferenz und der Entscheidung der Ethikkommission. Bevor Kellermann ganz abschaltete, fiel mir zum Glück ein, was ich ihn unbedingt noch fragen wollte. »Sagen Sie, Herr Kellermann, haben Sie nicht gerade von Gift geredet?«

Kellermann schnaubte. »Na klar, Gift. Hat sich selber vergiftet. Wie heißt das Zeug?« Er kramte in der Tasche seines grünen Anoraks nach einem Zettel. »Der Kollege, der die Blitzanalyse gemacht hat, hat es aufgeschrieben. Hier: Clostridium botulinum. Verursacht Botulismus. Wie gesagt: ein Arbeitsunfall sozusagen, hähä«, lachte er höhnisch.

»Heftschneider hat sein Leben lang verdorbene Lebensmittel verspeist. Er war nie krank. Sein Magen war ein Tresor aus Nirosta. In welchen Speiseresten hat die Spurensicherung denn die Botulismuserreger gefunden?«

Kellermann meinte, die Kollegen seien dran, und komplimentierte uns aus der Wohnung.

Wir fuhren mit dem Fahrstuhl wieder ins Büro und scheuchten Mehmet von der Tür weg. Carol wollte nun auch einen Kaffee – aber mit Algenmilch – und wir holten die Zigaretten aus dem Safe. Wenn das kein Notfall war!

»Botulismus. Hören Sie mal, Karsten.« Carol hatte sich in eine große medizinische Suchmaschine eingeklinkt. Sie las vor: »Botulinumtoxin ist das stärkste uns bekannte Gift. Bereits die Aufnahme von wenigen Mikrogramm ist für den Menschen tödlich. Eine Messerspitze reicht, um eine ganze Stadt auszulöschen. Bekannt und besonders gefährlich ist der obligat anaerobe Keim Clostridium botulinum, da dieser den so genannten Botulismus verursacht, eine gefürchtete Lebensmittelvergiftung. Das Bakteriengift bildet sich in unzureichend konserviertem Fleisch oder Gemüse unter Sauerstoffabschluss, also vorwiegend in Konserven.«

Ich war enttäuscht. Kellermann hatte wohl Recht. Ich erinnerte mich dumpf, dass meine Oma mich immer vor Dosen mit gewölbtem Deckel gewarnt hatte. Ihr deftiger schwäbischer Dialekt klang mir noch im Ohr. Sie war eine geizige Frau, und Nahrungsmittel waren ihr heilig. Aber Dosen mit gewölbtem Deckel, »dia musch sofort wegschmeißa, net uffmacha! Hasch g'hört, Karschten?«

Mir fiel ein, dass ich die Geschäftsführung verständigen musste. Es hatte einen Todesfall gegeben! Das bedeutete wieder endlose Sitzungen, Rechtfertigungen. Warum war ich nicht stutzig geworden bei Heftschneiders gestriger Unpässlichkeit?

Wir machten uns noch einen Kaffee, und ich rauchte meine dritte Zigarette. Carol steuerte ihre Assoziationen bei. Sie waren weniger schwäbisch als hanseatisch. Carol, so stellte sich heraus, war zur See gefahren. »Der Schrecken aller Weltumsegler – ›Öffne nie eine Dose mit gewölbtem Deckel‹, stand in jedem Skipper-Handbuch. Weltumsegler. Jahrhundertwende ... Wer isst denn heute noch Dosen? Führt der Hausladen überhaupt noch Dosen? Kann es sein, dass die Geduldeten superbillige Dosen aus irgendwelchen illegalen Beständen kaufen und die leeren Dosen in den Müllschlucker werfen? Oder vielleicht gar nicht die leeren Dosen, sondern den verdorbenen Doseninhalt? Und Heftschneider hat sich das Gift aus dem Müllschlucker direkt in die Wohnung geholt?«

Wir rührten beide in unseren Kaffeebechern und starrten ins Leere. Wir dachten nach, Carol laut, ich leise. Ich würde morgen auf jeden Fall in den Corbusier-Komplex kommen, kündigte ich an: »Ich habe zwar nur Rufbereitschaft und zu Hause brennt die Luft. Aber wer weiß, was noch nachkommt. So einen Todesfall gibt es ja nicht alle Tage. Mir ist das Ganze ziemlich an die Nieren gegangen.« Carol wollte auch morgen wieder da sein. Wir gingen nebeneinander zur Schnellbahn und redeten nicht mehr viel.

Zu Hause am Klausener Platz war es ruhig. Ich klopfte an Bills Zimmer und ging hinein. Auf seinem Megadisplay strahlte eine Botschaft. »Bin noch weg. Bin o.k. Bill.« Ich war wieder einmal überwältigt von Bills Sprachschatz und widmete mich bei einem abendlichen Rundgang durch den Schlosspark meiner verstörten Seele und den weißen Wolken über der abendlichen Spree.

10

Am nächsten Morgen hatte es gefroren, und ein toter Junkie lag unter den Stelzen. Schon als ich die Flatow-Allee entlangmarschierte, blitzte mir das Blaulicht des Notarztwagens durch die Büsche entgegen. Mehmet rannte auf mich zu und brüllte: »Vergiftet. Ich hab's ja gesagt. Alles vergiftet!«

Herrenhäuter aus der Heroinambulanz stand neben der Leiche und zeterte. »Das kommt von diesem ewigen Beigebrauch, unsauberes Zeug aus Tallinn oder Wladiwostok oder was weiß ich woher. Unser Zeug ist absolut sauber, clean sozusagen.«

Cleanes Heroin, das muss man sich mal in der Kanüle zergehen lassen, dachte ich. Dann entdeckte ich den Schaum vor dem Mund des ausgemergelten Typen, genau die Art von Schaum, die mir auch bei Heftschneider aufgefallen war.

Inzwischen stand Carol hinter mir und stöhnte. »Botulinumtoxin. Schon wieder. Ob der Junkie auch Abfall gegessen hat? Und zufällig dasselbe verseuchte Zeug erwischt hat?«

Mir war mulmig zumute. Eigentlich war mir sogar schlecht, übel, kotzübel. Ich würgte. »Lassen Sie uns reingehn«, sagte ich. »Das ist zu viel für mich auf nüchternen Magen. Auf jeden Fall müssen wir jetzt tierisch aufpassen, dass sich nicht noch jemand an dem Abfall vergreift.«

Ein Wagen rollte heran. Kellermann stieg mit seinen Leuten aus. Er stellte sich neben uns, trat von einem Bein aufs andere. Er rieb sich erst das Ohr, dann die Nase.

Carol legte los, ein bisschen lauter also sonst: »Lassen Sie nur den Junkie obduzieren? Oder lassen Sie auch den Abfall im Müllschlucker analysieren? Sind die Essensreste in Heftschneiders Wohnung schon untersucht, gibt es Spuren?«

»Da bräuchten wir ja eine ganze Fußballmannschaft mit Gasmasken für die Spurensicherung. Nach drei Jahren wären wir vielleicht mit der Hälfte durch!«

Carol blieb hartnäckig. »Das wäre doch ein abartiger Zufall, wenn in einem derart großen Haus zwei Leute ausgerechnet dasselbe verseuchte Essen erwischen würden«, sagte sie.

»Lassen Sie das mal meine Sorge sein«, brummte Kellermann. »Am besten macht jeder seinen Job. Wenn ich an diesen Sauhaufen da oben denke, bei diesem Heftschneider, dann bin ich mit meinen Ergebnissen ganz zufrieden. Prost Mahlzeit!« Er drehte sich abrupt um und ging zu seinen Leuten.

Jetzt war mir richtig übel. Wir setzten uns ins Büro, wo die Tagschicht schon rotierte. Janina kam von ihrem Besuch bei Hanold zurück und war verdattert, mich anzutreffen. Ich hatte ja eigentlich nur Rufbereitschaft. »Ich mach die Woche wahrscheinlich durch. Hab sowieso keine Ruhe. Das mit Heftschneider ist ein ganz dickes Ding. Jetzt noch der Fixer, in meinem Bauch rumort es.«

Janina kicherte. »Karsten und sein Bauch. Mir soll's recht sein. Dann könnt ihr auch nach Marylin und Kevin schauen, du bist ja sowieso der Bezugsbetreuer. Kontaktiert hab ich beide schon; Marylin geht es besser, Kevin schlechter, wenn du meine Meinung hören willst.«

Ich kontaktierte Marylin elektronisch und schlug ihr ein paar Aktivitäten vor: gemeinsames Putzen, Kühlfach aussortieren,

Tarotkarten legen, Karaoke im C-C-Club, einen echten Kuchen backen. Ich merkte, wie mich der Kontakt mit ihr auf andere Gedanken brachte.

»Könntest du nicht hochkommen und mich ein bisschen verprügeln oder beißen oder mir die Haut abziehen?«, provozierte sie nölig.

Klasse, sie hatte ihren Humor wieder. »Fällt dir nicht was Unblutiges ein, womit ich dich quälen könnte? Du hast noch reichlich Module auf deinem Hilfekonto, obwohl der Lavaraum natürlich voll reingehauen hat. Wir können das Quälen ja als sozialtherapeutische Sitzung abbuchen, wenn du die Klappe hältst.«

Marylin dachte nach. Sie war heute ganz Courtney Love – verschmierter Lippenstift, kunstvoll gewässerte Augen. Ein frischer Schnitt zog sich diagonal über den rechten Handrücken. »Mir fällt nichts ein«, quengelte sie, »das quält doch nicht richtig, wenn man es sich selber aussucht.«

Carol und Janina verzogen die Gesichter, Marylins hysterisches Getue regte sie auf. »Der würd ich den Hintern versohlen«, lästerte Janina völlig untherapeutisch.

»Lasst sie doch mit der Zahnbürste den Boden schrubben, wie in den alten Knastfilmen«, rief Carol, von Janina aufgestachelt, ein bisschen zu laut.

»Okay. Wenn's denn sein muss. Muss ich meine eigene Zahnbürste nehmen, oder spendiert Schwertfisch mir eine?«

Ich unterbrach perplex die Verbindung. »Ich dachte, ihr macht einen blöden Witz. Da habt ihr mir ja was eingebrockt. Wenn das einer beim Amt verpetzt, bin ich weg vom Fenster. Vielleicht sollten wir Marylin zu sinnvoller Putzarbeit verdonnern, zum Beispiel oben bei den Nancy-Reagans. Da hätte wenigstens wer was davon.«

»Mensch, zieh Leine, Karsten. Wer konnte denn ahnen, dass

die darauf anspringt. Außerdem hat sie selber was davon, und ihr bescheuerter gescheuerter Fußboden erst mal!«

Ich machte mich vom Acker, kaufte im Laden eine altmodische Zahnbürste und spielte bei Marylin den Sklavenaufseher. Im Laden befragte ich den smarten libanesischen Kassierer: Weißblechdosen hätte man schon seit Jahren nicht mehr im Sortiment, aber woher wisse man denn, ob nicht diese Russen aus ihrer Heimat ...

Zu Kevin gingen Carol und ich gemeinsam. Er hatte sein Bettzeug weggeworfen, lag nackt auf dem synthetischen Bezug seines Wasserbetts. Er faselte was von Milben und Mikroorganismen und war so panisch embryonal verkrümmt, wie ich ihn noch nie gesehen hatte. Wir hatten beide den Eindruck, dass er unsere körperliche Nähe kaum ertrug. Auch wir brachten Mikroorganismen, Erreger, Kleinstlebewesen mit. Auch wir bedrohten ihn. Aber in seiner maßlosen Angst brauchte er uns auch. Carol fing sich schneller als ich. »Wann warst du denn zuletzt mal draußen? Kevin? Schau mich mal an! Ich bin die Neue, Carol Regnier heiße ich. Ich arbeite hier mit, weil mein Sohn auch ein Psycho ist. Was du da grade hast, ist ein Angstanfall, eine Panikattacke, oder kennst du das Gefühl aus der Psychose? Ich mach mal folgenden Vorschlag: Herr Schäfer gibt dir jetzt eine Glyxina oder irgendwas Beruhigendes, und du schläfst ein paar Stunden. Morgen früh machen wir beide zusammen einen Spaziergang. Draußen ist es kalt, schneidend kalt, keimfrei und steril.«

Kevin war in der Lage, uns vorsichtig anzusehen. Carols Vorschlag hatte ihn irritiert, aber auch abgelenkt. Ich gab ihm den Glyxina-Streifen, damit er sich selbst zwei Pillen aus der Packung drücken konnte. Er schluckte sie ohne Wasser und ohne jede Hoffnung. Carol fischte eine Art Pyjama aus Synthex aus seinem Schrank, und er zog sich an.

Ich ging zurück ins Büro, entmutigt und neidisch auf Carols therapeutische Begabung. Vielleicht stimmte einfach die Chemie zwischen den beiden, oder Kevin brauchte einen neuen Kontakt. Es stimmte ja, er war seit Monaten nicht mehr aus dem Corbusier-Komplex hinausgekommen. Er wollte ja nicht. Carol würde schon sehen, wie weit sie mit ihm kam.

Ich setzte mich ins Büro und diskutierte mit Janina. Wir bestellten das Tagesgericht in der Cafeteria: scharf gefüllte, hauchdünne Tacos, in unserer Zuverdienst-Firma Schwertfisch-Catering hergestellt. Die Zutaten bekamen die Zuverdienstler von den Frauen der Berliner Tafel geliefert, Lebensmittel aus Supermärkten und Hotels, die sonst weggeworfen worden wären. Wir stocherten auf unseren Tellern herum, nicht einmal ich verspürte den Impuls zu kauen und zu schlucken. »Meinst du, die Erreger sind vielleicht in der Küche?«, murmelte ich. »Quatsch, Heftschneider und der Junkie haben ja nicht hier gegessen«, antwortete ich mir selbst.

Beim Nachtisch »Rote Grütze nostalgisch« ging der Alarm los. Sämtliche Viecher im Nancy-Reagan-Zoo waren krepiert. Ich raste sofort los. Die kleinen Ziegen und Kaninchen, der Koalabär und das kleine Bambi lagen herum, als habe der ganz große Brainmaster mit ihnen Figurenwerfen geübt. Ich schaffte es nicht mehr bis zum Klo.

Kellermann hatte es diesmal mit seiner Mannschaft nicht weit – einmal quer zwischen den Stelzen zu dem kleinen beheizten Freigehege. Er sah nicht mehr so locker aus, er drückte auf seiner Nase herum, als sei sie aus Knetgummi. Ich presste mir einen Ballen Taschentücher vor den Mund und würgte ein letztes Mal. Wir sahen uns an, hielten aber Abstand. Er war ungeduldig, nervös. Auch er wischte sich immer wieder den kalten Schweiß aus dem Gesicht.

Lydia Kopitzke, die kleine alte Frau mit dem starken Bewegungsdrang, lief unglücklich vor dem Gehege hin und her und wollte die Tiere wecken. Ich versuchte ihr zu erklären, dass die Tiere tot waren. Es brach mir fast das Herz, aber sie verstand mich nicht. Als die Spurensicherung uns zur Seite drängte, nahm ich die kleine alte Frau an der Hand und führte sie ins Haus, zum Fahrstuhl. Sie war glücklich und wollte mich nicht mehr loslassen. Was blieb mir anderes übrig, ich fuhr mit ihr hoch und übergab sie der Dienst habenden Pflegerin in der Nancy-Reagan-Suite. Ich erzählte nicht, was unten passiert war. Es würde sich früh genug herumsprechen.

Als ich zurück durch die Halle rannte, denn ich war plötzlich furchtbar aufgeregt, sah ich Carol, wie sie auf Kellermann einredete. Sie nahm ihn in die Mangel, er hatte keine Chance. Ich winkte ihr kurz zu, aber sie sah mich nicht.

Zehn Minuten später kam sie aufgewühlt ins Büro. »Karsten, wir müssen was machen. Ich hab gestern Abend mit Cassius – Sie wissen schon, meinem cleveren Sohn – noch ein bisschen herumgesurft. Botulismusvergiftungen sind so selten geworden, dass es unmöglich gleich zwei Leute innerhalb von 24 Stunden erwischen kann. Und jetzt auch noch die Tiere! Ich werde das Gefühl nicht los, dass hier eine ganz große Sauerei abgeht. Können wir irgendwo in Ruhe reden?«

Nichts lieber als das. Ich grübelte über eine wirklich leere Kneipe nach und landete schließlich bei der Frage aller Fragen: »Gehen wir zu Ihnen oder zu mir?« Wir wollten erst zu ihr, aber dann war es ihr wegen der anderen allein erziehenden Mütter nicht so recht, also gingen wir zu mir.

In der Schnellbahn blieb grade noch die Zeit, um ihr ein paar Takte von Bill, meinen väter-mütterlichen Gefühlen und seiner späten Trotzphase zu berichten. »Er kann sich, glaube ich, nicht entscheiden, ob er abhauen oder abnippeln soll.« Carol hörte aufmerksam zu. Sie fragte nach. Ich antwortete immer ausführlicher, und mir wurde warm. Vielleicht war ich doch nicht ganz allein.

Wir setzten uns in die Küche und öffneten eine Flasche Wein. Als Erstes tranken wir Brüderschaft, »ich heiße Karsten, ich heiße Carol«- wer hätte das gedacht. Ab jetzt duzten wir uns. Dann quatschten wir ein bisschen herum. Schlieren aller Verschwörungs- und Vergiftungsfälle der letzten zwanzig Jahre waberten um uns herum, dazwischen Einsprengsel aus diversen Psychose-Seminaren. Carol war in der virtuellen Skandalpresse zu Hause, ich in der Psychoszene.

Plötzlich setzte sich – Wunde, o Wunder – Bill zu uns an den Küchentisch. Er sah etwas frischer aus und schien keine Schmerzen zu haben. Seine Gehörgänge waren frei! Er mischte sich in unser Gespräch, er hakte nach, er stellte ein paar wirklich schlaue Fragen. Wer hatte Zugang zu Heftschneiders Wohnung? Wer lieferte das Essen für die Nancy-Reagan-Suite? Und wer den fahrbaren Mittagstisch? Dann verschwand er ebenso abrupt, wie er gekommen war, zu seinem Technokram und stellte demonstrativ die Bässe laut. Wumm. Wumm.

Carol und ich sahen uns kurz an und lachten. Wir kamen erneut ins Klönen und landeten bei Müttern und Söhnen, beim Bemuttern und Kümmern, und da hatten Gift und Abfall wirklich nichts verloren. Aber wir würden hart am Müll bleiben.

Ich beschloss, auch am nächsten Tag im Corbusier-Komplex anzutreten, obwohl ich nur Rufbereitschaft hatte. Ich könnte auch zu Hause bleiben, mich ins Bett legen, mir Sorgen um Bill machen. Aber es gab gute Gründe zu arbeiten: der tote Heftschneider, unsere Ermittlungen und Carol, meine erfreuliche Hospitantin. Aber der allerbeste Grund war schlicht, etwas zu tun zu haben.

11

Am nächsten Morgen war das Areal unter den Corbusier-Stelzen sensorisch abgeriegelt. Akustische und optische Bewegungsmelder jaulten, Stromschläge vertrieben auch die abgehärtetsten Fixer. Überall schlichen die Leute von der Spurensicherung, eingehüllt in schwefelgelbe Folienanzüge. Im Foyer stand ein Journalist und suchte einen Drücker, der den Toten unter den Stelzen gekannt hatte. Er ließ einen realen Geldschein aufblitzen – keine Chipkarte! Wann hatte ich eigentlich das letzte Mal einen Hundert-Euro-Schein gesehen?

Herrenhäuter stand in der Tür der Ambulanz und diskutierte mit Kellermann. Mehmet rannte aufgescheucht hin und her und wusste gar nicht, wen er zuerst anschnorren sollte. Die Glastüren gingen unentwegt auf und zu, weil andauernd jemand raus in die Kälte lief, an den Tatort, und wieder hereinkam, ins Warme. Einige Junkies hielten sich eine Zeitung vor das Gesicht, andere ballten die Fäuste und schworen Rache. Einige Frauen weinten. Einer sang: »Knock, knock, knockin' on heaven's door.« Einige summten mit, dann weinten alle.

Ich lief so unauffällig und schnell ich konnte zu unserem Büro. Es war leer. Ich ließ mich auf den Drehstuhl plumpsen und holte tief Luft. Ich widmete mich meiner Ding-Dong-Routine.

Kevins Appartement war leer. Ich hatte ihn im Foyer nicht gesehen. War er frühstücken? Oder war es Carol tatsächlich gelungen, ihn ins Freie zu schleifen?

Hanold hatte sich auf irgendeinem ominösen Weg eine Dröhnung besorgt. Er lag benebelt auf seiner Couch. Ich rief unseren Hypophysen-Doktor, genannt Hypo-Jack, an, und wir kauten die kriminalistischen Neuigkeiten durch. Dann bat ich ihn, Hanolds Biodaten zu checken. Es war alles im grünen Bereich. Wir beschlossen, ihn pennen zu lassen.

Jack nutzte die Gelegenheit, uns noch einmal auf Mehmet anzusetzen. Alarmstufe eins! Seit er seine Medikamente abgesetzt habe, werde er auffällig unruhig, Puls und Blutdruck seien deutlich erhöht. Dass er jetzt auch nachts seine Patrouillengänge mache, statt zu schlafen, sei kein gutes Zeichen. Mehmet esse vermutlich kaum noch was. »Schickt ihn doch mal rauf zu mir, morgen oder übermorgen, dann probier ich noch mal mein Glück. Sonst müssen wir mit seinem Betreuer über ein Depot verhandeln. Na ja, ihr konntet ihm das Zeug ja nicht zwangsweise geben, ist mir schon klar. Aber jetzt ist die Kacke doch gewaltig am Dampfen!«

Marylin saß vor dem Spiegel und trug mindestens die dritte Schicht Make-up auf. Kein Zweifel – heute war sie die Monroe. Mein Ding-Dong brachte sie nicht aus der Ruhe, sie winkte mir aufgekratzt zu. »Ich geh runter! Da ist ja mordsmäßig was los. Vielleicht schaffe ich es, vor eine Kamera zu kommen. Sonst vernasche ich eben diesen neuen Wachmann.«

Wenigstens sie schien gut drauf zu sein, verdächtig gut sogar. Ich war hin- und hergerissen und lobte sie für ihr spitzenmäßiges Outfit.

Carol meldete sich ganz kurz. Sie sei schon früh zu Kevin gefahren und habe ihn zu einem kurzen Spaziergang überredet. Jetzt sei er bei ihr zu Hause und sitze neben Cassius vor dem Computer. Der rede zwar nicht mit ihm, lasse ihn aber bei seinem Lieblingsspiel mitmachen. Sie komme aus dem Staunen nicht heraus. Kevin gehe es aber immer noch beschissen. Er beiße sich gerade die Daumen blutig.

Sie versprach, sich wieder zu melden und Kevin am Abend zurück ins Corbusier zu begleiten. Mir war es recht. Ich hatte jetzt andere Sorgen. Inzwischen war Karl gekommen, und wir versuchten so gelassen wie möglich unseren Alltagskram zu erledigen. Bloß keine Panik.

Zwei Klientinnen, deren Bezugstherapeutin Janina war, kamen mir besonders verstört vor. Fiona kannte ich zu wenig. Aber dass sie kein einziges Wort sprach und völlig starr an der Scheibe ihrer Balkontür klebte, machte mir Angst. Ich hatte noch nie eine Katatonie erlebt, stellte sie mir aber so vor. Ich bat Hypo-Jack, so schnell wie möglich zu kommen.

Frau Swenskaja, eine manisch-depressive, aber medikamentös gut eingestellte Fünfzigjährige, winkte mir beim Routinecheck halb nackt zu. Als ich mit Karl vor ihrer Tür stand, knutschte sie mich hysterisch ab und meinte, es sei nicht mehr viel Zeit. Dann war Karl an der Reihe. Wir müssten uns beeilen, wenn wir alle noch etwas Spaß haben wollten. Als sie Karl zwischen die Beine griff, alarmierten wir Janina.

Gegen Abend hatten sich alle wieder beruhigt. Fiona schlief nach einer Injektion, Janina würde über Nacht bei ihr bleiben. Frau Swenskaja saß, nicht auffälliger kostümiert als die Drifter aus der Trans-Gender-WG, beim Karaoke im C-C-Club.

Ich beschloss, Feierabend zu machen. Mehmet war kaum noch zu ertragen, Jack hatte Recht. Ständig kam er ins Büro gerannt und wollte etwas von mir. Mal wollte er Geld oder Zigaretten, dann tat ihm plötzlich der Bauch weh, dann knallten geheime Kommandos der Mafia in seinem Schädel herum. Ich bot ihm eine Glyxina an, redete ihm gut zu und bekam beinahe seine Faust ins Auge. Er war so angespannt, dass er beim leichtesten Antippen zu explodieren drohte. Trotzdem gelang es mir nicht, ihn wirklich ernst zu nehmen. War ich denn für das Elend der ganzen Welt zuständig? Was war das bloß für ein bescheuerter Job: nichts tun und sich nur immer diesen Mist anhören!

Als Mehmet das nächste Mal reinwollte, drückte ich nicht auf den Öffner. Er hämmerte und trat gegen die Tür. Dann wurde es still. Karl grinste. Er hatte gut lachen. In ein paar Stunden würde er in seiner Bauernkate draußen in Ribbeck sitzen, ein paar Tropfen Duftöl in der Sauna verkleckern und seiner Freundin den Rücken massieren. Oder umgekehrt. Ich nahm meine Polarjacke vom Haken und verließ das Haus. Der Rummel unter den Stelzen war vorbei, Mehmet zertrat eine Bierdose und brüllte mir etwas hinterher. Aber da hatte ich schon die Kapuze über die Ohren gezogen.

In der Schnellbahn klingelte mein Handy Sturm. Erst war Carol dran, dann Bill. In Schöneberg und Kreuzberg hatte es mehrere Todesfälle unter Müllsammlern und Pennern gegeben. Der Corbusier-Komplex verlor seine Exklusivität. Ganz Berlin war Tatort.

Zu Hause saß ich mit Bill vor den Live-Reportagen aus den betroffenen Bezirken. Kein Mensch glaubte mehr an zufällige Lebensmittelvergiftungen. Man sah Kellermann, wie er immer neue Untersuchungsberichte ankündigte. Er war zum Leiter einer Sonderkommission ernannt worden und hatte den Anorak gegen ein modisches Jackett eingetauscht.

Inzwischen ging allen Journalisten der Zungenbrecher »Clostridium botulinum« leicht von den Lippen. Ständig wurde über verdorbene Nahrung diskutiert. Sogar die längst vergessenen Amtsärzte und Desinfektoren der Gesundheitsämter kamen zu Wort. Ein Wissenschaftler berichtete, man habe Anfang des Jahrtausends sogar mit Botulinumtoxin die Schweißdrüsen gelähmt, um übermäßiges Schwitzen zu verhindern.

Bill schüttelte sich – dieses Problem kannte er nur von asozialen Alten. Er konnte gar nicht schwitzen, selbst wenn er es wollte, er war wie ich geimpft.

In einem Bildungsprogramm wiederholten sie eine etwas veraltete Sendung über eine Schönheitsfarm in der Oberlausitz. Dort ließen sich gut situierte Seniorinnen die Falten mit Botulismusinjektionen wegspritzen. Der ärztliche Leiter wurde interviewt, ein athletischer Schönling im weißen Kittel. War das eine Werbesendung? Bill hatte Werbe-Ex installiert, normalerweise blieben wir von plumper PR-Anmache verschont.

»Herr Dr. Wellenhof, was genau passiert, wenn Sie die Botulismuserreger injizieren?«

Er räusperte sich. »Nun, im Grunde genommen paralysiert das Gift die Muskulatur. Es führt zu Lähmungen. Wir verwenden es natürlich nur in allerwinzigsten, quasi homöopathischen Dosierungen. Botulinumtoxin führt zu einer Unterbrechung der Impulsübertragung zwischen Nerv und Muskel. Sie können also die Stirn nicht mehr runzeln, auch wenn Sie sich Sorgen machen. Sie werden zwar noch lachen, aber es bilden sich keine Lachfalten mehr. So bleibt Ihre Haut glatt und jung. Aber was rede ich da, sehen Sie selbst!«

Die Kamera schwenkte in eine Runde freundlicher, gelassener Menschen. Freundlicher, gelassener Zombies. Sie winkten der Kamera zu. Wächsern, dachte ich ganz kurz. Es waren nicht die tausendmal gelifteten, festgezurrten Hollywood-Visagen, sondern die wächsernen Gesichter der alten Klapsen.

»Einen Nachteil hat das Verfahren allerdings gegenüber dem klassischen Lifting«, war wieder Herr Dr. Wellenhof zu hören. »Die Injektionen müssen alle drei bis sechs Monate wiederholt werden. Aber für Patienten mit einer Scheu vor dem Skalpell ist es eine preiswerte und reparable Alternative und allemal angenehmer als das Ausspritzen mit Gel, wie es in den USA neuerdings praktiziert wird. Kommen Sie in die Oberlausitz. Entspannen Sie sich. Werden Sie wieder jung!«

Ich war perplex. Ich suchte Bills Blick, ich wartete auf seine zynischen Kommentare. Aber er hatte sich längst auf die Suche gemacht nach den einschlägigen Instituten in Berlin. Über seinen Monitor flimmerten schöne schlanke Assistentinnen und tirilierten von ewiger Jugend.

12

Bill war die ganze Nacht wach geblieben. Eine seiner leichtesten Übungen, wie ich wusste. Bei seinen Rettungseinsätzen nach Systemabstürzen, nach dem ganz großen Crash, war er manchmal 48 Stunden und länger im Einsatz. Er nahm dann immer ein bisschen Chemie zu Hilfe, aber nicht viel. Die Jagd nach dem entscheidenden Fehler und die Anspannung waren seine Amphetamine. Der Ehrgeiz hatte ihn gepackt, und ich spürte, wie die rätselhaften Toten auch uns beide wieder in Kontakt brachten. Bill saß hellwach an seinen Rechnern und drückte mir stolz einen langen Ausdruck in die Hand. Er wusste, dass mir ein Stück Papier noch immer lieber war als das bunteste elektronische Blinken.

Bill hatte mir alle Kliniken für kosmetische Chirurgie und Beautyfarmen in Berlin und Umgebung herausgesucht, dazu natürlich die Lagepläne, die Größe und die Daten der Beschäftigten. Genau zwei von ihnen schienen noch dieses veraltete Verfahren mit Botulinumtoxin anzuwenden.

»Diese Institute sind hermetisch abgeschirmt«, sagte Bill. »Ist natürlich ein sensibles Thema. Sonst wäre es vorbei mit dem großen Rätselraten: Welche Zwanzigjährige ist zwanzig, und welche Zwanzigjährige ist in Wirklichkeit siebzig? Na ja, der genetische Code verrät es ohnehin. Aber noch schützt unser Biodatenschutz die letzten Geheimnisse.«

»Und was sollen wir jetzt machen?«, fragte ich. »Wonach genau sollen wir suchen? Wir müssen ja nicht diese heimtückischen Erreger finden, sondern die Typen, die damit Unheil treiben.«

»Karsten Schäfer, aus dir wird nie ein richtiger Detektiv, trotz aller Krimis, die du dir reingezogen hast. Wir müssen jemanden einschleusen. Einen Spitzel!«

»Du spinnst wohl«, sagte ich. »Keiner von uns würde in so einen Schuppen gehen. Na ja, Suzy vielleicht, oder unser Organisationsberater, dieser Schnösel. Aber ich habe wirklich keinen Nerv, die zu fragen!«

Wir überlegten gemeinsam. Uns fielen ein paar hübsche Jungs vom »Schwyz« ein, die garantiert die Kohle hatten, sich regelmäßig ihre Luxuskörper bügeln zu lassen. Ein paar Jungs und natürlich ein paar Transen. So kamen wir nicht weiter.

»Du kennst natürlich nur deine verlotterten Corbusier-Typen«, lästerte Bill, »verwahrloste Spinner, Junkies, verwirrte Omas.«

»Du hast ja vielleicht Klischees im Kopf!« Dann schlug ich mir gegen die Stirn. »Marylin«, stöhnte ich auf. »Dass ich nicht gleich darauf gekommen bin. Sie ist wie geschaffen für diesen Job.« Ich bat Bill, bei beiden Schönheitskliniken einen Injektionstermin für Marylin zu vereinbaren und meine Kontonummer durchzugeben. Kein Problem für ihn. Wir dachten uns eine hirnrissige, aber durchaus plausible Story aus: plötzlicher Auftritt in einem Alt-Berliner Varieté, weil die Originalbesetzung erkrankt ist. Erster Auftrag: umgehende Herstellung einer knitterfreien Stirn und Augenpartie. Zweiter. Auftrag: Mundwinkel und Wangen glätten. Eine Stunde später rannte ich durch das Foyer und nahm direkt den Fahrstuhl zu Marylins Appartement. Sie staunte nicht schlecht, als ich so ohne Vorwarnung und Ding-Dong in natura vor ihr stand. Dann ließ sie sich wieder in ihren Sessel plumpsen, in dem sie sich die siebenundzwanzigste Wiederholung von »Big Sisters« reinzog, einer Sado-Maso-Erlebnisserie aus dem Jahr 2009 oder 2010.

Ich redete auf sie ein, machte ihr einen Espresso, jammerte herum. Ich erklärte ihr die komplizierte Lage und bat sie, sich umgehend auf jeweils einen Besuch in zwei konservativen Schönheitskliniken vorzubereiten.

Eine Stunde später waren wir endlich so weit. Marylin stolzierte, bei mir eingehakt, zu einem Taxi, mit dem Bill inzwischen nachgekommen war. Sie trug ein dezentes, einfarbiges Chanel-Retro-Kostüm, wie es vielleicht Liv Tyler einmal getragen haben könnte. Sie war gestylt, aber nicht aufgedonnert. Sie war ziemlich klasse, aber verbesserungswürdig. Sie war jung, aber nicht mehr jung genug. Ein paar Giftinjektionen würden ihr gut tun. Marylin lächelte huldvoll und ließ sich gnädig von Bill ein winziges Mikro am Kostümrevers anbringen. Er hatte wirklich an alles gedacht.

Bill und ich verbrachten den Tag in trauter Eintracht wartend im Taxi. Wir setzten Marylin zunächst in Dahlem ab, vor einer kleinen Villa im kanarischen Stil. Ich beobachtete, wie nach ihr eine betagte Blondine – vermutlich von ihrem Butler – zur Behandlung getragen wurde. Kurz darauf kam ein scharfer Managertyp. Hatte der es nötig? Bill hörte über sein Headphone mit und kräuselte die Stirn. Es war nichts zu hören, fast nichts. Er ließ mich kurz lauschen: Ich kannte dieses nervtötende Entspannungsgedudel aus einschlägigen Workshops. Arme Marylin!

Nach fünfzig Minuten stöckelte sie wieder heraus, mit gebügelter Stirn und frisch bemalt. Sie hatte die erstklassige Behandlung genossen, war aber bei der Frage des Trinkgeldes ins Schleudern gekommen. Sie war froh, die peinliche Situation hinter sich zu haben. Es sei kaum gesprochen worden, höchstens geflüstert, fast wie früher in der Kirche, auch die Musik sei ganz ähnlich gewesen. »Ich habe mich nicht getraut, etwas zu fragen.« Sie schilderte die Behandlung in allen Einzelheiten, inklusive Gesichtsmassage und Relaxing. Wir fanden nichts daran auszusetzen.

Dann schlummerte sie ein bisschen an meiner Schulter, und wir erreichten derweil unsere zweite Adresse in Falkensee. Das

Beauty-Center war ein grauenhafter Bungalow mit blinkender Kosmetikreklame: Der Schuppen erinnerte mich an ein Billigmotel in Arizona, in dem ich mit Bill einmal genächtigt hatte. Ich wurde sentimental – sogar die Weihnachtsdekoration flimmerte noch in den Fenstern. Ich weckte Marylin ganz sanft und sprach ihr Mut zu. Tapfer machte sie sich das zweite Mal auf den Weg.

Ich wartete voller Sorgen, während Bill in sein Equipment horchte und starrte. Er war zufrieden. Für diesen Termin hatte er sogar eine winzige Kamera in einem ihrer Schulterpolster versteckt, aber Marylin hatte die Jacke natürlich abgelegt. Na ja. Ich wurde langsam müde. Die Kundschaft war hier eindeutig eine andere Gehaltsgruppe. Die Injektionen konnten nicht allzu teuer sein. Denn bei einigen hatte es offensichtlich nicht einmal zu einer anständigen Hüftoperation gereicht oder zum Absaugen. Eine Frau betrat hinkend die aufgemotzte Baracke, eine extrem Breithüftige watschelte zu einer Rikscha. Ganz kurz meinte ich, bei der Hinkenden die strengen Gesichtszüge von Mrs Myer zu erkennen, aber da verschwand sie schon in der Tür.

Als Marylin kam, lobte ich sie enthusiastisch. Ihre Wangenpartie war glatt wie ein Kinderpopo, sogar ihre entzückenden Grübchen waren verschwunden. »Das hast du toll gemacht, wirklich, Marylin. Erzähl mal. Du musst ja völlig erschöpft sein.«

Sie fing an zu reden, aber irgendetwas war anders als sonst. Ich erkannte sie kaum wieder. Beim Sprechen bewegte sich nur ihr Mund, ihre Backenmuskulatur war komplett stillgelegt.

Ihr war nichts aufgefallen. Bill und seinen Gerätschaften war nichts aufgefallen. Man war nett zu ihr gewesen, die Stimmung war locker. Als sie sich vorsichtig nach dem Botulinumtoxin erkundigt hatte, bekam sie ausführliche Antworten. Man zeigte ihr sogar den Safe, in dem das Zeug verwahrt wurde. Ja ja, man habe von den Vergiftungen gehört. Tragisch, wirklich tragisch. Die armen Menschen. Wenn man auch nicht verstehen könne, warum man heutzutage noch im Dreck lebe. Wo doch jeder vom Bezirksamt so eine Komplexwohnung bekomme und seine Grundversorgung ...

Wir beschlossen, die Institute im Umland wegzulassen und für heute Schluss zu machen. Ich konnte den Kontrast zwischen Marylins Gesicht und ihrer gediegenen Kostümierung nicht ertragen. Nach der zweiten Nadelung sah sie aus wie ein Mädchen in einer Schülertheateraufführung von »Wer hat Angst vor Virginia Woolfe?«. Ein Kindergesicht in Matronenverkleidung. Ich nahm sie in den Arm, und wir brachten sie ins Corbusier zurück. Dann fuhren Bill und ich zum Klausener Platz und grübelten die halbe Nacht. Immer wieder hörten wir uns die Aufnahmen aus den Instituten an. »Wunderbar, meine Liebe. Wir könnten Ihnen noch eine ganz neue Methode für Schnittwunden empfehlen. Ist leider nicht ganz billig ...«

Wo war der Zusammenhang? Waren wir auf der falschen Fährte? Wir konnten keine Verbindung entdecken zwischen der rosafarbenen Welt dieser sanften Stimmen und den nächtlichen Touren der Abfallwühler. Ich war maßlos enttäuscht – und unendlich glücklich. Bill und ich waren wieder ein Team! Während Bill weiter recherchierte und kombinierte, löffelte ich das fetteste Eis, das ich in unserem Gefrierfach finden konnte, und fiel, halb satt und halb frustriert, in einen tiefen, unverdienten Schlaf.

13

Als ich am nächsten Morgen hochschreckte, kringelte sich gerade Bill neben mir zusammen. Er hatte die ganze Nacht durchgeackert. Ich deckte ihn sorgfältig zu und verdunkelte das Zimmer. Dann beschloss ich heroisch, ebenfalls liegen zu bleiben. Ich ging meiner Lieblingsbeschäftigung nach, dem Tagträumen. Wie schön waren die Jugendjahre mit der Clique in Esslingen gewesen und wie lähmend. Ich wiederholte ein paar Mal meine Lieblingsstelle: das Praktikum im Amt, Klüppel und die Wölffin und mein vorsichtiges Coming-out. Die vielen Jungs und Männer, die ich gehalten und wieder gelassen hatte.

Dann ließ ich die Schützlinge an mir vorüberziehen, die im Laufe der vielen Jahre in meiner Obhut gewesen waren. Obhut, was für ein überholter Begriff. Genauso überholt wie Fürsorge. Ich war kein Fürsorger, sondern ein staatlich anerkannter Diplom-Sozialarbeiter und -Sozialpädagoge. Ein Kümmerer. Ich saß in einem sehr großen Haus, und sorgte für einige der Leute, die darin wohnten. In Wirklichkeit sorgte ich natürlich nicht »für« sie, sondern ich sorgte mich »um« sie. Umsorger also, noch besser.

Und was tat ich genau? Ich beobachtete sie, ich überwachte sie, ich nervte sie mit meinem Ding-Dong und meinen Besuchen. Ich sorgte dafür, dass meine Fürsorge bezahlt wurde. Ich sorgte für ihre Knete, ihre Klamotten. Ich passte auf, dass sie genug aßen, dass sie an die frische Luft kamen, dass sie ihre Medikamente nahmen. Und wenn sie es nicht taten, dann machte ich mir Sorgen und ließ ihnen wie Boris einen Depotspender implantieren. Vorbei die Zeiten, als ich mit Frau Dr. Wolff oder später mit meinem Kollegen Klüppel Hausbesuche machte, um jemanden in die Klinik zu bringen. Alles musste ausgehalten werden. Ich war ein Aushälter.

Ich schlief wieder eine Weile. Bill warf sich hin und her und stöhnte, aber er wachte nicht auf. Schließlich stand ich auf und stopfte die Leere in mir mit diversen Kleinigkeiten, die ich im Kühlschrank fand. Das Loch wurde immer größer. Sie brauchten mich nicht mehr. Ich spürte, wie sie mir entglitten – Marylin, Kevin, Boris und sogar Bill.

Am Nachmittag meldete sich Janina. »Sorry, Karsten, ich weiß, du hast frei. Aber morgen fängt ja deine Nachtbereitschaft an, und wir versuchen gerade alle zusammenzutrommeln. Krisensitzung im Tageszentrum. Es kommen fast alle. Wir rechnen fest mit dir. Du bist am längsten dabei, du kennst unsere Psychos am besten. Wir brauchen deinen Rat!«

Ich drehte mich noch mal um. Ich legte mich auf den Rücken und schaute an die Decke. Ich brachte sie zum Lachen. Ich hielt sie fest. Ich hörte ihnen zu. Ich interessierte mich für sie. Jeder von ihnen war eine helle Luke in meinem finsteren Lebenskabuff.

14

Ich traute meinen Augen kaum. Klüppel, der amtierende Vorstandsvorsitzende, war extra angereist. Ich begrüßte meinen ältesten Kollegen, wir fielen uns um den Hals.

»Wie geht es dir, Karsten? Ihr scheint ja in einem riesigen Schlamassel zu stecken.«

Ich grinste ihn an, dann wurde ich ernst: »Beschissen, ehrlich gesagt. Nicht nur wegen des vergifteten Abfalls. Nein, zu allem Übel scheint Bill eine verspätete Pubertät zu kriegen und ich ein verfrühtes Klimakterium oder irgend so etwas Unanständiges. Na ja. Ein andermal. Sehen wir uns nicht bei diesem Gartenfest, von dem Janina dauernd redet?«

Suzy und Felix eröffneten die Sitzung. Klüppel sprach ein paar ermutigende Sätze und gab dann wieder Suzy das Wort. Schwertfisch hatte Katastrophenalarm ausgelöst. In allen Betreuungsteams, im Kiez, in Nord und natürlich im Corbusier, war es zu ungewöhnlichen Notfällen gekommen. Klassische Exazerbationen von Psychosen, meinten die einen, eine ungewöhnliche Häufung von spirituellen Krisen, meinten die anderen. Ashra, unsere Frau für das Ungewöhnliche, blieb bei ihrer Theorie von den negativen Energiefeldern. Samson, der Junge aus der überwachten Ausnüchterung, war wieder zu sich gekommen. Er sang nur noch Melodien aus Werbespots und zog sich die Decke über den Kopf. Ashra hatte die Wände seines Zimmers mit aktivierenden Essenzen besprüht und begleitete ihn auf einer Laute. Sie war wild entschlossen, diese energetische Krise zu bewältigen. »Welch ungeheure Chance!«, strahlte sie uns an, aber die meisten senkten verlegen den Blick.

Der Organisationsberater (»Ich bin hier schließlich der einzige Laie«) fragte, ob derartige Phänomene vielleicht mit astrologischen Konstellationen zusammenhingen, Vollmond oder so. Felix wollte wissen, ob es sein könne, dass unsere Medikamente nicht in Ordnung seien? »Ist euch irgendeine Veränderung bei den Laborwerten aufgefallen? Habt ihr einen Verdacht?«

Hypo-Jack winkte empört ab. »Alles Blödsinn. Die Blutwerte sind völlig in der Norm, ich habe alles doppelt und dreifach abgecheckt. Keine Ausrutscher!«

Ich fragte noch einmal nach, weil mir alles zu schnell ging. Mehmet war spurlos verschwunden, kurz nachdem es zu einer tätlichen Auseinandersetzung zwischen ihm und einem Wachmann gekommen war. Mehmet hatte ihn grundlos angegriffen und ihm das Nasenbein gebrochen. Was sein Verschwinden besonders mysteriös machte, war die Tatsache, dass nicht einmal seine Biodaten mehr zu empfangen waren. Marylin hatte man, dank Kamera, schlafend in ihrer Badewanne entdeckt, Kevin saß bei Carol und Cassius zu Hause und biss sich die Fingerknöchel blutig. Berittene Polizei hatte Frau Swenskaja nackt im Grunewald aufgegriffen, Fiona war wieder kataton erstarrt. So ging es mit den Hiobsbotschaften aus den anderen Teams weiter. Manche Namen kannte ich aus der Supervision, andere waren mir völlig fremd.

Suzy hatte die blendende Idee, auch unseren Nutzerbeirat zu befragen. Mrs Myer nickte Karate-Atze aufmunternd zu, der bereits aufgeregt mit seinem Stuhl wippte: »Ick globe, det hat mit dieser Massenvergiftung zu tun. Ick globe nich nur, ick weeß et. Wie sagte mein Therapeut immer: Ihr Psychos hört doch die Flöhe husten. Ick globe sogar, wir hören det, bevor die husten. Kann det nich sein, det wir alle die janze Zeit Schiss ham, verjiftet zu werden? Oder det wir Angst ham, dass die verjiftet werden, die zu uns jehören? Et krepiern doch nur die ärmsten Schweine, die Penner, die Treber, die Ratten uf den Müllhalden. Is euch det nich uffgefallen? Die meenen uns. Jeder von uns kann der nächste sein, wa?«

Karate-Atze hatte hektische rote Flecken im Gesicht bekommen, das ansonsten eher weiß wie eine Reisportion war. Wir sahen uns alle erstaunt an. Boris murmelte immer wieder: »Nehmt mir bloß dieses Scheißteil raus, ich bin ja wie behämmert«, und schlug sich wieder einmal mit der rechten Handkante auf seinen Oberarm, auf seinen Glyxina-Spender. Mir war klar, er ahnte, dass etwas in der Luft lag, aber es blieb bei einem dumpfen Rumoren, er konnte es nicht wirklich spüren und erst recht nicht reagieren. Er tat mir Leid.

Carol gewann als Erste die Fassung wieder. »Mensch, das wäre eine Erklärung. Marylin und Kevin, Fiona und Frau Swenskaja, die Leute im Tageszentrum und bei euch, Josef, dein dumpfes Gefühl, Boris, ihr alle habt es schon vor uns gespürt, und seit alle Kanäle voll davon sind, wird es immer schlimmer. Es gibt nur eine Möglichkeit: Diese Abfallvergifter müssen gefunden werden. Ich schlage vor, wir kontaktieren sofort Kellermann. Der muss einen Großeinsatz organisieren. Wenn nicht sofort was passiert, knallt noch die ganze Stadt durch!«

Ich schüttelte den Kopf. Das ging mir alles zu schnell und war nicht handfest genug. Das waren Vermutungen, Spekulationen. Ich sah mich um: »Klüppel, was meinst du«, fragte ich ihn, »ist was dran an der Verschwörungstheorie? Hört sich eher an wie ein Kapitel aus einem esoterischen Kitschroman?«

Klüppel kam nicht dazu, zu antworten, weil Carol schon auf einen jungen Fatzke in ihrem Brainmaster einredete. Felix schaltete ihn auf das große Display an der Wand. »Kommissar Kellermann ist unabkömmlich. Mein Name ist Ricardo, ich gehöre zum Serviceteam der Berliner Polizei. Bei mir sind Sie mit Anregungen und Kritik an der richtigen Stelle. Was haben Sie auf dem Herzen?«

Carol stöhnte laut auf. Dann schrie sie los: »Dies ist ein Notfall. Sagen Sie dem Kommissar und seinen Leuten, sie müssen sofort alle öffentlichen Plätze bewachen. Es gibt untrügliche Zeichen, dass unsere Klienten von den Vergiftungen besonders betroffen sind. Sie müssen Sie schützen. Hören Sie? Hallo, hören Sie mir überhaupt zu?«

Es blieb einige Sekunden lang still. Der hübsche Bengel lächelte gut trainiert auf uns herunter. »Aber natürlich höre ich zu. Wie gesagt, bei mir sind Sie mit Anregungen und Kritik an der richtigen Stelle. Auch für Ihre Beschwerden habe ich jederzeit ein offenes Ohr. Bitte bedenken Sie jedoch ...«

Carol drückte auf den kleinen roten Knopf. »Das hat keinen Zweck. Das ist ja nur so ein geklonter Affe, frisch vom Trainingscenter eingeflogen. Wir müssen ins Präsidium, Mensch. Nun hockt doch nicht so blöde rum!«

Ich schaltete mich noch mal ein. »Kellermann kannst du vergessen, Carol. Ich kenne ihn von früher. Der zieht einfach sein Ding durch, ohne nach links oder rechts zu sehen. Vielleicht wenn wir ein paar konkrete Ergebnisse hätten, aber so – damit können wir nicht einmal seinen Assistenten kommen. Bis jetzt sind das doch alles waghalsige Theorien. Außerdem«, ich holte tief Luft, »ich glaube, ich muss erst mal ein Geständnis machen.«

Sie glotzten mich alle entgeistert an. Ich glaubte fast, sie dachten, ich würde mich jetzt als Abfallvergifter outen. Sie waren ein bisschen enttäuscht, als ich von meiner Undercover-Aktion erzählte. Und sie waren empört, als ich von Marylins Opfergang berichtete. Stirnfalten und Wangenmuskulatur geglättet, an einem Tag! Kein Wunder, dass sie den ganzen Tag schlief! Aber dann fingen alle an, die Geschichte komisch zu finden, und einige applaudierten sogar.

»Alle Achtung, Karsten. Das hätte ich dir gar nicht zugetraut«, lobte mich sogar Horst Klüppel. Ich wurde rot. »Das mit Marylin ist natürlich ein bisschen happig.«

Dann ergriff wieder Carol das Wort: »Was Karsten gemacht hat, war ein gefährlicher Alleingang. Aber das ist doch kein Grund, es nicht noch einmal zu versuchen. Wir müssen es einfach besser organisieren.«

Überraschenderweise bekam sie Rückendeckung von Boris: »Ja, wir müssen etwas unternehmen. Mich juckt es in den Fingern, diesen Giftmischern das Kreuz zu brechen. Wer macht mit?!«

»Na, ick bin dabei«, grinste Atze.

Es gab ein Gejohle im Raum, nicht nur aus der Ecke der Schizokokken. Handkanten flogen in die Luft, wumm, sausten auf Oberarme, bum, bum, bum, und knallten auf die Tischplatte. Peng! Nicht nur Boris schien aufzuwachen.

Ich rieb mir die Augen. Woher nahm Boris auf einmal diese Kraft? Carol schien uns alle mitzureißen. Ich wartete ein paar Sekunden. Mein Herz klopfte, dann stand ich auf: »Wir müssen die Arbeit teilen. Wir brauchen einige Ermittler, wir brauchen Späher und Agenten, und wir müssen eine menschliche Alarmanlage installieren.«

Jetzt gab es ein großes Geraune im Raum. Jeder ließ den Blick in der Runde herumwandern. Einige lachten, andere schüttelten den Kopf. Wir musterten uns gegenseitig. Wir waren zwölf: Carol und Mrs Myer, Karate-Atze und Boris, Suzy und Felix, Yamoto, der Organisationsberater, und Hypo-Jack, Josef und Janina, Karl und Ashra. Nein, wir waren dreizehn. Karsten Schäfer war ja auch dabei, und Dreizehn ist seine Glückszahl.

15

Klüppel hob die Hand und bat um Ruhe: »Ich glaube, wir sind uns einig, dass Karsten Recht hat. Wir brauchen ein paar Leute, die gut mit einem Brainmaster umgehen können, und ein Team, das rund um die Uhr die Mülltonnen und Abfallhaufen observiert. Ihr müsst unbedingt alle warnen, die im Abfall rumstochern. Ihr wisst ja hoffentlich, um welche von euren Kandidaten es sich handelt! Über die Gravensteiner gibt es vielleicht einen heißen Draht zur Kripo: Schließlich haben auch Polizisten psychisch kranke Söhne und Töchter.«

Der Organisationsberater wachte endlich auf. »Felix, können Sie mal den Großbildschirm aktivieren? Ich stelle mir das so vor ...« Im Nu zauberte er ein Organigramm mit seinem Brainmaster, entwarf einen Zeitstrahl und vergab die Jobs. »Wir brauchen vor allem eine permanente Konferenzschaltung und jemanden, der alle Fäden zusammenhält. Ich schlage vor, das machen Suzy und Felix, am besten von der Geschäftsstelle aus, da ist die beste Technik. Einer muss die Datenrecherche übernehmen: Wie und wo werden Botulismuserreger erzeugt, wer hat zu ihnen Zugang, wie transportiert man sie? Dazu brauchen wir jemanden mit Hackerqualitäten, denn diese Informationen sind sicher topsecret!«

Carol meldete sich: »Ich glaube, dafür habe ich das passende Team zu Hause. Cassius knackt für sein Leben gerne, und Kevin wird es ein bisschen ablenken.«

Ich meldete mich ebenfalls: »Bei mir zu Hause sitzt einer, der ist schon die ganze letzte Nacht durchs Netz gestromert. Ich habe euch ja erzählt, was Bill ausgeknobelt hatte. Auch wenn es noch nichts Konkretes gebracht hat – ich kenne keinen Datentresor, den er nicht sprengen könnte.«

Wir beschlossen, in der Geschäftsstelle eine Kommandozentrale aufzubauen. Suzy und Felix als Koordinatoren, Cassius und Kevin und natürlich Bill für die Recherchen im Netz. Von nun an ging es Knall auf Fall. Es wurden Observationsteams gebildet, alle Tageszentren und Psychogruppen wurden aktiviert. Carol klickte den Verteiler der Gravensteiner an und hatte in null Komma nix in jedem Bezirk über hundert höchst motivierte und schlaue Detektive rekrutiert. Zwölf Bezirke mal einhundert! Wir kriegten kaum noch Luft.

Boris und Atze hatten inzwischen das Berliner Irren-Net dazugeschaltet und gaben exakte Instruktionen. Ich erkannte Boris nicht wieder: »Jeder von euch begibt sich sofort zur nächstgelegenen Müllsortieranlage. Stellt euch daneben und alarmiert uns, wenn ihr etwas Ungewöhnliches seht. Am besten steht ihr zu zweit oder zu dritt Wache oder ihr wechselt euch ab.«

Atze wollte natürlich auch noch was loswerden: »Wer Wühlmäuse kennt, ihr wisst schon – Müllsammler, Tütenladys –, der sucht sie und warnt sie.«

Dann tauchten Boris‘ und Atzes Name ganz oben auf dem Bildschirm auf. »Koordination der Warn- und Spähtrupps: Boris Salowski und Ajin Sun-Ly.« Beide sollten sich in der Kommandozentrale aufhalten, damit sie Kontakt zu ihren Apachen halten konnten.

Josef schaltete sich ein. Endlich gab es wieder einen Feind, endlich konnte er wieder kämpfen. Mit geballter Faust zischte er: »Das reicht noch nicht. Natürlich ist es toll, wenn wir ein menschliches Warnsystem aufbauen. Aber wir müssen das Übel an der Wurzel packen. Und die Wurzel ist der Corbusier-Komplex. Dort hat alles angefangen. Dort muss die Lösung zu finden sein. Karsten, ich schlage vor, wir bilden eine Guerillatruppe und durchkämmen den Koloss Zentimeter um Zentimeter. Du kennst dich dort aus, hast aber vielleicht schon blinde Flecken. Wir sollten noch jemand Neues mitnehmen. Wie ist es mit Ihnen, Mrs Myer, machen Sie mit?«

Einen kurzen Moment war ich traurig, dass ich nicht bei Boris und Bill im Hackerzentrum der Geschäftsstelle bleiben konnte. Gemeinsam mit Bill auf Verbrecherjagd – das könnte doch ein neuer Anfang für uns beide sein. Ich spürte ein Ziehen im Magen, dann war es vorbei. Mir gefiel das Glitzern, das Josef plötzlich in seinen Augen hatte. Eine leichte Gänsehaut kroch meinen Rücken empor. Dieses Gefühl hatte ich lange vermisst!

Wir suchten gegenseitig unsere Blicke: Josef, Mrs Myer und ich auf dem Kriegspfad. Wir nickten uns kurz zu, die anderen klopften ganz altmodisch ihre Zustimmung auf die Tischplatte, und Sekundenbruchteile später erschienen unsere Namen an der Spitze des Organigramms, das der Organisationsberater an die Wand geworfen hatte. Er tippte an seinem Zeitstrahl herum, verglich ihn mit den elektronischen Dienstplänen und gab uns unseren Stundenplan bekannt. Arbeitsbeginn der Undercover-

Gruppe Corbusier: »Sofort!« Ich meldete mich bei Bill und bat ihn, sofort in die Geschäftsstelle zu kommen und seinen Notfallkoffer mitzubringen. Dann sprangen wir in ein Hydrotaxi und legten fünf Minuten später im Corbusier-Büro los.

16

Mrs Myer erwies sich als eine strenge Strategin. Sie fing eine lose Haarsträhne ein und prüfte ihren Haarknoten. Sie wirkte wie ein jugendlicher Häuptling ohne Federschmuck. Ich hatte sie noch nie lächeln sehen! Mit ihrer scharfen und gleichzeitig tiefen Kommandostimme verlangte sie von mir einen exakten Rapport. Sie überprüfte meine Aussagen anhand der elektronischen Betreuungsberichte.

Bei den kleinsten Unstimmigkeiten hob sie die Hand und rief: »Stop! Attention please!« Dann ließ Josef seinen inneren Spürhund los. Was hatte sich Ungewöhnliches ereignet? Was war mit jenem Vorfall im Foyer, in der Heroinausgabestelle? Wer war beteiligt? Waren es reguläre Teilnehmer des Heroinprogramms oder waren es Nichtregistrierte, Streuner, die ohne Biodaten durch die Stadt irrten? Wie hieß der Wachmann, der so ausgerastet war? Gab es Zeugen? Was haben eigentlich inzwischen die Abfallanalysen der Kripo ergeben?

Wir beschlossen, das ganze riesige Haus zu durchkämmen, von oben nach unten. Ich hielt gleichzeitig Ausschau nach Mehmet, der immer noch spurlos verschwunden war. Wir fuhren mit dem Fahrstuhl zum Dach. Der Aufgang war nur mit einer Spezialplaste zu öffnen, das Suizidrisiko war für die meisten Bewohner des Hauses zu groß. Es hatte lange Debatten gegeben, ob man lebensmüden Klienten und solchen ohne Perspektive nicht doch ein Schlupfloch lassen sollte. Die Ethikkommission des Bezirks hatte letzten Endes abgelehnt: Es gäbe schließlich noch genug natürliche Orte für den ultimativen Sprung, die Havel zum Beispiel.

Das riesige Flachdach war leer, bis auf drei Praktikanten aus dem C-C-Club, die sich hinter dem ausgedienten Schornstein im Schattenboxen übten. Keine Spur von Mehmet und keine Spur von irgendwelchen Verbrechern. Wir ließen den Blick über die riesige Waldfläche ringsum gleiten und über die Häuser bis zur Siegessäule, dann drehten wir um.

Mrs Myer bestand darauf, die Müllschlucker zu inspizieren. Die Schächte in allen Etagen waren von der Spurensicherung versiegelt, die gesamte Müllsortieranlage stillgelegt. Ich überredete den nettesten der drei Hausmeister – ich beriet ihn manchmal wegen seiner kaufsüchtigen Schwiegermutter –, uns durch das Souterrain zu führen. Die Hintertür vom Müllraum zum Parkplatz unter den Stelzen war vor ein paar Tagen aufgebrochen worden. Die Polizei hatte es aufgenommen, sich aber keine großen Gedanken gemacht. Wer klaut schon Müll?

Heftschneider, dachte ich, und verscheuchte den Gedanken. Gott hab ihn selig, der war ja schließlich tot. Heftschneider, natürlich! Hier hatte er den Müll geklaut. Hier hatte sich der Junkie vielleicht ein paar Äpfel mit Druckstellen gegrapscht, sie sorgfältig abgewaschen und war dann an Atemlähmung gestorben. Oder er hatte die leuchtende Verpackung einer Folienmahlzeit erspäht, sie sorgfältig beäugt und als original verschlossen befunden.

Hier musste einer der tierliebenden Bewohner des Hauses, vielleicht sogar eine unserer verhuschten Nancy-Reagans, ein paar Salatblätter, eine Gurke oder eben auch einen Apfel mitgenommen und an die Viecher im Streichelzoo verfüttert haben.

Und wie kam das Gift in den Abfall, wer verseuchte die Container, in denen der Müll landete, mit Butolismuserregern? Es gab 24 Einfüllschächte und zwei Ausgänge. 26 Möglichkeiten. Das waren ein paar zu viel für uns.

Mrs Myer verhörte den netten Hausmeister: Ob er denn irgendetwas beobachtet habe? Das alles habe er doch schon Kellermann zu Protokoll gegeben, aber bitte, wenn's denn sein müsse, ein alkoholfreies Bier dazu würde nicht schaden.

Zwei oder drei der Sheriffs hatten sich ab und zu an den Obdachlosen unter den Stelzen zu schaffen gemacht.

Zu schaffen gemacht? Was war darunter zu verstehen?

Nun ja, er hätte ja selber manchmal Lust dazu gehabt! Das ganze Gesocks, vor allem diese Nutten und Stricher ... Es habe Fußtritte gegeben, es sei auch mal jemand angepinkelt worden. Nur so zum Spaß wahrscheinlich, Sie verstehen schon!

Wir verstanden natürlich und spendierten dem netten Hausmeister mit der kaufsüchtigen Schwiegermutter noch ein Bier.

»Na ja, zwei trieben es ganz besonders, hatten noch nicht einmal Spaß daran, sondern blieben dabei todernst. Schlugen mit ihren neumodischen Knüppeln, kitzelten mit ihren Shock-Sticks und verjagten an einem Morgen die ganze Bagage.« Wie die aussahen? Na ja, da braucht es vielleicht noch mal so eine Hausmarke.

Mrs Myer hakte hartnäckig nach. »Genaue Personenbeschreibung, please. Wissen Sie die Namen? Wann genau ist es passiert? Please, versuchen Sie, sich zu erinnern!«

»Na ja, nageln Sie mich nicht fest, aber es könnte der Dienstag gewesen sein.«

Wir überließen dem Hausmeister noch eine Flasche Bier und erschöpft und aufgeregt rasten wir mit den Informationen ins Büro zurück. Mrs Myer fasste noch einmal akribisch zusammen, aber Josef und ich hörten schon gar nicht mehr richtig hin. Endlich hatten wir eine Spur! Wir mussten die Wachmänner überprüfen.

Cassius und Kevin enterten die Daten der Wachschutzfirma »Trust United«. Die beiden kamen nicht weit, aber mit Bills ausgekochten Hackertricks schafften sie es schließlich und verschafften sich Zugang zu den Personaldaten und dem Dienstplan. Die fraglichen Schichten und Sicherheitsleute spuckte unser Drucker auf Kommando aus.

Janina schaute abgekämpft zu uns rein. Fiona ging es wieder etwas besser, aber sie würde noch bei ihr bleiben, diese Nacht. Sie brauchte nur kurz ein paar lebendige Menschen und eine Notfallzigarette. Dann würde sie es wieder eine Weile auf Fionas Bettkante aushalten. Frau Swenskaja kippte allmählich in die Depression, Janina erkannte die vertrauten ersten Anzeichen. Sie hätte ihr gerne noch ein paar manische Tage gegönnt. Die Injektion hatte sie vielleicht ein bisschen abrupt von den Heiligen der letzten Tage weggeholt. Ob wir inzwischen etwas von Mehmet gehört hätten?

Hatten wir nicht. Aber wir erzählten Janina von unserem Gespräch mit dem Hausmeister.

»Meint ihr wirklich, dass welche von den Sheriffs darin verwickelt sind? Was hätten die denn für ein Motiv? Ich kann mir nicht vorstellen, dass einer der flotten Jungs nur aus purem Abscheu und Ekel eine derartige Energie entwickelt. Außerdem, da der Abfall inzwischen in verschiedenen Bezirken vergiftet worden ist, müssen es ja mehrere Täter gewesen sein. Und alle müssen Zugang zu dem Gift gehabt haben. Ich glaube, ihr habt euch da in was verrannt. Ihr seht zu viele Krimis. Böser Wachmann, armer Obdachloser, guter Sozialarbeiter, das ist mir alles zu simpel.«

Janina hatte Recht. Gut, vielleicht waren unsere Sheriffs von tiefem Hass gegen Außenseiter durchtränkt. Ich dachte an die kackbraunen Neonazis, die um die Jahrtausendwende herum vor allem in den neuen Bundesländern äußerst brutal Jagd auf

Ausländer und Obdachlose gemacht hatten. Wie hatten sie sie genannt? Zecken! Auch ich war manchmal, auf östlichen Bahnhöfen, so beschimpft worden. Vielleicht waberte dieser Geist ja noch immer durchs Land. Zur Not gab es also ein Motiv. Aber wie kamen Täter und Tatwaffe zusammen? Das war der entscheidende Punkt. Auch ich konnte mir die schwarzen Jungs nicht in den eleganten Instituten vorstellen.

Wir baten Bill, auf alle Fälle auch das zu checken. Ich sah ihn kurz auf dem Bildschirm, neben ihm Boris, wild gestikulierend. Dann erstattete Bill Bericht: Fehlanzeige. Einige Schönheitsinstitute hatten Hausmeister, andere schirmten sich mit teuren Alarmanlagen ab. Keine schwarzen Sheriffs auf den Beautyfarmen. Waren wir auf einer falschen Spur?

Carol, die bei Cassius und Kevin in der Geschäftsstelle Stallwache hielt und je nach Bestellung hochkalorische oder synthetische Nahrung für die ganze Mannschaft lieferte, schaltete sich ein. »Ich hab noch mal nachgedacht und bin ein bisschen rumgejettet. Erinnerst du dich, Karsten? Butolismuserreger werden zu unglaublich vielen medizinischen Zwecken eingesetzt. Nicht nur kosmetisch – darauf bist du mit Bill ja schon gekommen. Ich hab mir hier mal eine Liste gemacht: bei Strabismus, bei Dystonien, bei Hemispasmen, bei spastischer Parese, bei Ösophagospasmen, bei Blepharospasmus ...«

»Halt! Stopp!«, schrie ich. »Ich verstehe kein Wort. Du hast wohl über Nacht Medizin studiert? Kannst du mir das mal in verständlichen Worten erklären?«

»Also noch mal ganz langsam, für dich, Karsten«, bemühte sich Carol, betont deutlich artikulierend. »Wie war das noch mal mit den Falten? Das Butolinumtoxin lähmt sozusagen die Gesichtsmuskulatur und lässt sie erschlaffen. Diesen erwünschten Effekt setzt die Medizin immer dann ein, wenn sich etwas verkrampft, was sich entkrampfen soll. Also das Augenlid zum

Beispiel, das sich bei manchen Leuten gegen ihren Willen schließt, so dass sie faktisch blind sind. Oder die Vagina oder der Analmuskel, aber das lassen wir jetzt mal weg. Oder die Muskelverkrampfungen der Spastiker, die du ja kennst. Es gibt Spasmen im Gesicht, zum Beispiel unter Anspannung, dann sagt man im Volksmund, der hat einen Tick. Ob das nun eine psychische oder neurologische Störung ist oder das gleiche Kuddelmuddel wie bei den Psychosen, das ist mir auf die Schnelle nicht klar geworden. Aber eins ist sicher: Wo ein Krampf ist, da sind vermutlich Botulinumtoxine nicht weit. Jetzt müssen wir nur noch die richtigen Krämpfe finden.«

Mrs Myer war plötzlich – ich hatte es kaum für möglich gehalten – noch wacher als sonst. Ihre tiefe Stimme wurde vor Aufregung schrill. Wo hatte Carol ihre Informationen her? Aus dem Uni-Netz. Bitte etwas genauer – wessen Homepage? Welches Institut?

Langsam klickerte es auch bei uns. Vielleicht sollten wir die Tatwaffe ganz woanders suchen: in den Universitätslabors, den Unikliniken, den Forschungsinstituten.

»Oder bei uns«, ergänzte ich. »Betreute Wohnungen für spastisch gelähmte Behinderte, ich meine fast, hier im Komplex habe ich auch schon welche gesehn.«

Auweia !Mrs Myer hackte schon auf den Daten des Hauses herum. Bingo! Es gab eine kleine Gemeinschaftswohnung der Spastikerliga im Corbusier-Komplex. Und wer checkte die Sicherheitsanlagen? Jetzt wird nicht mehr geraten, jetzt wissen wir es schon: Trust United hat einen Generalvertrag für sämtliche Komplex-Wohnanlagen mit Behindertensegment in der Hauptstadt Berlin. Sie bewachen den alten Sozialpalast in Schöneberg, der mal abgerissen werden sollte, weil, so berichteten die Medien, die Mietermischung entgleiste. Und den Drogenbunker am Kotti, Komplexwohnungen mit Bewohnern aus fünf Kontinenten, die größte Ansammlung türkischer Menschen außerhalb der Türkei. Sozialpalast in Schöneberg, Drogenbunker am Kotti in Kreuzberg. Schöneberg. Kreuzberg. Die Abfalltoten. Wir alarmierten Ajin, genannt Atze, und alle irren Karate-Kids der Stadt.

17

Mrs Myer hatte inzwischen ganz offiziell im Namen unseres Ermittlungskomitees Kontakt zu einem bei den Gravensteinern organisierten Staatsanwalt aufgenommen. In strammer Haltung stand sie vor dem Schreibtisch, die Augen fest auf das elektronische Übertragungsauge gerichtet, während sie einen knappen, äußerst präzisen Bericht abgab und unverzügliche Aktivitäten verlangte. Nein, sie verlangte nicht, sie forderte. Sie berichtete, dass mittlerweile zirca tausend Angehörige, psychosozial Tätige und Psychos alle verdächtigen Objekte observierten, gefährdete Personengruppen fern hielten und notfalls auf eigene Faust alle potenziellen Abfallvergifter mit Hilfe von Techniken, die in Fitnesscentern und Volkshochschulen erlernbar waren, unschädlich machen würden. Um eine Katastrophe zu verhindern. Man gebe jetzt die Daten derjenigen Beschäftigten der Firma Trust United durch, von denen man annehme, dass sie die Täter seien. Aus dreierlei Gründen: erstens – Hassgefühle gegen Randgruppen, insbesondere am Abfall partizipierenden Lebewesen; zweitens – zeitliche Übereinstimmung zwischen Wachschichten und Tatzeiten sowie örtliche Übereinstimmung zwischen Einsatzort und Tatort. Und – drittens – Verfügbarkeit der Tatwaffe, nämlich des Mikroorganismus Clostridium botulinum am jeweiligen Einsatzort, nämlich betreuten Komplexwohnungen mit spastisch beeinträchtigten Behinderten, zu deren Behandlung Botulinumtoxin in homöopathischen Dosierungen benutzt werde.

Es folgten schlicht die Namen der beiden Verdächtigen, die am Dienstag mutmaßlich von dem Hausmeister des Corbusier-Komplexes gesehen worden waren: Michael, genannt Mick Krokel, und Sven Soffke, den Rest konnte sich die Ordnungsmacht aus ihrem zentralen Brainmaster holen.

Wir saßen stumm und andächtig um Melissa Myer herum. Ihre Souveränität! Ihr unnachahmlicher amerikanischer Akzent, irgendwo zwischen Chesapeake-Bay und Milwaukee. Ihre Präzision, ihre Selbstsicherheit. Wir hätten allzu gerne nach der Beeinträchtigung gefragt, die sie zu einem Psycho gemacht hatte. Es gab nur noch wenige absolute Gebote, darunter fraglos dieses eine: Frage niemals einen Psycho, warum er Mitglied ist. Wenn du Pech hast, wirst du es früh genug erfahren. Wenn du Glück hast, und der Psycho auch, erfährst du es nie.

Mrs Myer öffnete ihr Haar – wir sahen peinlich berührt zur Seite – und wickelte es geschickt um die Hand, um es erneut mit einem Flux zu fixieren. Nicht mehr ganz so straff, aber straff genug, um ein winziges stolzes Lächeln von ihren Wangenknochen zu vertreiben. »Sie bleiben bitte in Bereitschaft. Ich muss jetzt meine Tochter abholen.« Wir öffneten ein weiteres Mal verdattert den Safe, denn dies war ein klarer Notfall. Diesmal ohne Filter.

Ich fuhr zur Geschäftsstelle, um nach unseren Jungs zu schauen. Und um Bill abzuholen. Er saß neben Boris vor seiner aufgeklappten Wunderkiste. »Feierabend!«, schrie ich und klatschte in die Hände. »Dank Mrs Myer brauchen wir nur noch zu warten, bis die Festnahme gemeldet wird. Ist das nicht fantastisch?«

Bill, schlecht gelaunt nach unserem gestrigen Fehlschlag, nannte mich bescheuert. Ich schimpfte ihn einen Defätisten. Er könne immer nur alles schlecht machen, herunterputzen. Nur weil er sich mit den Schönheitsinstituten geirrt habe! Ich merkte, wie ich die Geduld verlor. Er funkelte mich an. Wie naiv wir denn seien? Wer sei eigentlich diese ominöse Mrs Myer, habe die vielleicht einen Heiligenschein? Und Josef, diesen senilen Politrocker, den könne man sowieso nicht mehr ernst nehmen. »Und du, Karsten, hast doch schon lange verlernt, dein eigenes Gehirn zu benutzen. Vor lauter Rührseligkeit merkst du gar nicht, wie du aufs Kreuz gelegt wirst!«

Bill war so zynisch wie in seinen besten Tagen. Nur war ich selten derjenige gewesen, den sein beißender Spott traf. War er etwa eifersüchtig? Oder wollte er Boris zeigen, wie man mit mir umgehen musste? Verdattert und tief gekränkt ließ ich mich in einen Sessel fallen.

Jetzt legte er los. Er hatte inzwischen längst seine elektronischen Spürfinger in das Datengeflecht zwischen Staatsanwaltschaft und Berliner Polizeiapparat eingeführt. Dort seien die Mitteilungen eines gewissen Melvin Myer, jawohl Melvin Myer, unter der riesigen Rubrik »Irrelevante Hinweise von Psychopathen und Spinnern« abgelegt worden.

Ich stutzte. »Hast du da nicht was verwechselt?«

»Keineswegs. Hier, sieh es dir doch an. Melvin Myer, Aktivist der ›Survivors of Hell‹, der radikalsten Psycho-Bewegung der USA. Ausgewiesen wegen subversiver Aktionen gegen die Neuroleptic Association for Mental Health. In Berlin registriert unter dem Namen Melissa Myer, ebenfalls eine Tochter, Myra Myer.«

Boris grinste. Er fand das natürlich super, ihm konnte es gar nicht subversiv genug sein. Missis oder Mister, Melissa oder Melvin, das ging ihm völlig an der Waffel vorbei. Nur ich fühlte mich mal wieder gewaltig angeschmiert. Konnte man diesem Wesen, egal ob Mann oder Frau, überhaupt trauen?

Boris war jetzt wieder ernst. »Mensch, Wampe. Das ist doch jetzt scheißegal. Wenn uns diese Arschlöcher nicht ernst nehmen, dann müssen wir eben selbst zuschlagen.«

Er verlangte von Bill, sofort eine Verbindung zu unserem gesamten Ermittlungsausschuss herzustellen und unsere beiden Verdächtigen, Mick Krokel und Sven Soffke, bei ihrer nächsten Aktion zu fassen. Cassius und Kevin fanden in den Unterlagen von Trust United ihren nächsten Einsatz: Klingbeil-Komplex, Bülowstraße, Schöneberg. Schichtbeginn 4:00 Uhr, Schichtende 12:00 Uhr. Das würde eine lange Nacht werden oder noch besser, – ein früher Tag. Abendliche Vergnügungen und früher Schönheitsschlaf hatten zu entfallen. Aber lieber morgen früh aufstehen als schon übermorgen vergiftet in den ewigen Jagdgründen schlummern.

Boris und Karate-Atze erhielten den Auftrag, möglichst viele einsatzfreudige Schizokokken und Psychos zusammenzutrommeln. Carol versuchte dasselbe bei den Gravensteinern. Sie war der Ansicht, dass gerade Eltern nach einem jahrzehntelangen Zusammenleben mit wenig berechenbaren Söhnen und Töchtern für eventuelle Kampfhandlungen gewappnet wären.

Es gelang uns nicht, Mrs Myer zu kontaktieren. Wir stellten fest, dass eigentlich keiner genau wusste, wo sie sich aufhielt und wie sie zu erreichen war – nicht einmal die Schizokokken. In unserer komplett vernetzten Welt eigentlich ein Mysterium. Sie wurde immer mehr zu einem Rätsel. Ich wiegelte die Aufregung ab: »Sie könnte ja sowieso nicht. Muss doch sicher bei ihrer Kleinen bleiben.«

Ich versuchte vergeblich, im Sessel noch eine Stunde zu schlafen, während Bill in der Zwischenzeit alle Kontakte im Netz koordinierte und prüfte. Er war wieder erhitzt und zuversichtlich. Um ihn herum spürte ich die alte Hackeraura, die mich früher so fasziniert hatte.

Gegen halb zwei befestigte Bill zwei kleine Sensoren an meinem Unterhemd und testete den Empfang. Es funktionierte. So würde er immer wissen, wo ich war und wie es mir ging. Eine Art Gängelband, dachte ich, ein Gängelband, wie ich es ihm immer gerne umgelegt hätte. Es war ein eigenartiges Gefühl, als Bill – voller Sorgen um mich! – noch einmal in meinen Haaren wühlte und mich länger drückte und küsste als sonst. Es tat gar nicht weh.

Dann nahm er Boris in die Arme. Er flüsterte ihm etwas ins Ohr. Sie knutschten sich ab, strichen sich gegenseitig über ihren Skalp und zwickten sich im Gesicht oder auch anderswo. Ich sah nicht so genau hin. Ich war damit beschäftigt, mich wieder einzukriegen.

Reichlich verblüfft und mit einer dicken Faust im Magen fuhr ich mit Boris in dem kleinen Biogasbus von Schwertfisch nach Schöneberg. Der Count-down lief.

18

Wir trafen als Erste vor dem heruntergekommenen Klingbeil-Komplex ein. Das Gebäude stand nicht stolz und frei wie unsere Corbusier-Anlage, sondern war eingequetscht und verwachsen mit schäbigen Massenquartieren aus den Sechzigern. Vor dem Eingang standen Jugendliche und ärgerten einen Hund; die Scheibe der Eingangstür war verschmiert und verschlossen. Ich hämmerte gegen den Rahmen, bis einer der Wachleute auftauchte.

»Wattwollnsedenn?« Ich zückte meine Schwertfisch/Just4you-Betreuungskarte und meinte, ich müsse einen psychiatrischen Notfall aufsuchen. »Dakannjajederkommen. Nixzumachen.«

Ich zog mich blitzschnell zurück, um mich und die Genossen besser zu präparieren. Bill hatte natürlich alles mitgehört und wilderte in den Bewohnerdaten des Klingbeil-Komplexes herum. Das war weitaus schwieriger, als wir dachten. Das Haus war ein Chaos. Unregistrierte, Geduldete, Ausländer mit unaussprechlichen Namen. Angeblich stand die Hälfte der Wohnungen leer, aber vermutlich hielten sich reichlich Illegale in den verranzten Appartements auf.

Als die ersten Gravensteiner-Mütter kurz nach zwei Uhr auftauchten, war ich bestens vorbereitet. Im Klingbeil-Komplex wohnte der 52-jährige Sohn von Karin Walldürn. Frau Walldürn war eines der ältesten Mitglieder der Gravensteiner, ihr Sohn Gregor wurde von der Kokon gGmbH betreut. Eine Betreuerplaste von Kokon konnte ich nicht so schnell herbeizaubern, aber raffiniert geknüpfte Kontakte – wir zogen uns dazu in eine Tag und Nacht geöffnete Wärmestube zurück – eröffneten andere Möglichkeiten. Eine mutmaßliche Schwester, noch eine Schwester und ein Neffe wurden per Handy angekündigt, getürkter Anlass: der plötzliche Herztod der Mutter, der dem sensiblen Gregor Walldürn schonend, aber doch unbedingt gleich verkündet werden müsse.

Der Coup gelang. Der Wachmann fragte nach dem Woher und Wohin, hakte bei Walldürn in Appartement 530 nach und gab dann mürrisch den Weg frei. Ein bisschen wird er sich gewundert haben, dass der asiatische Großneffe für einen Trauerfall doch etwas unpassend gekleidet war mit seinem schwarzen Karateanzug mit den neongelben Schriftzeichen auf dem Rücken und einem blutroten Gürtel. Aber wer weiß heutzutage noch, was sich gehört?

Unser Stoßtrupp war nun im Haus. Mit der Unterstützung, die nach und nach eintraf, umstellte ich unauffällig das Gebäude und wartete auf eine Möglichkeit, die Müllsortieranlage im Hof abschirmen zu können. Müllschlucker wie bei uns im

Corbusier-Haus gab es im ollen Klingbeil-Komplex offensichtlich nicht. Das machte die Sache aber nicht einfacher, denn das Tor zum Hof war geschlossen.

Wir traten von einem Bein auf das andere, steckten die Hände in die Noralenjacken, denn die Nacht war empfindlich kalt. Zum Glück erwiesen sich die Gravensteiner als abgehärtet, die anwesenden Psychos sowieso. Verängstigte Stubenhocker waren zu Hause geblieben. Wir wechselten uns ab mit dem Besuch der Wärmestube. Glücklicherweise kannten einige der Schizokokken das nächtliche Schöneberg wie ihre Westentasche und wussten, wo noch ein Café offen war, ein Cleancenter oder die Gebetspyramide einer apokalyptischen Jüngerschaft; wo man ausnahmsweise rauchen durfte und wo es die billigsten Tacos gab.

Ich war verblüfft über das pulsierende, doch irgendwie dunkle und unsympathische Nachtleben. Weitab vom Geglitzer der Vorzeige-City gab es verbotene, illegale Distrikte. Ich war lange nicht mehr unterwegs gewesen. Ich hatte Angst. Immer wieder blitzten Messer und Shock-Sticks zwischen den Männern auf, die hinter den Strichern und Nutten an der Ecke zur Kurfürstenstraße dubiose Geschäfte abwickelten.

Die vielen alten Leute, die schlaflos zwischen den Imbissbuden und dem S-Bahnhof hin- und herliefen, sahen abstoßend aus. Manche waren dick und teigig, um andere schlotterten die Klamotten wie zu groß geratene Kostüme um Marionetten. Viele schleiften illegale Haustiere mit Maulkörben hinter sich her, Hunde oder Katzen, die sie nur nachts in irgendwelchen Ecken ihre Notdurft verrichten lassen konnten. Ihre zahnlosen Münder standen offen, ihre Haut war wund und aufgekratzt. Sie suchten kontaktgeil unseren Blick. Ich sah zu Boden. Ich konnte das Elend nur kurz ertragen und ging zurück zum vermeintlichen Tatort.

Schließlich gab eine der Gravensteinerinnen das Kommando: Walldürn kommt runter, zwei weitere Besucher sollten versuchen reinzukommen. Ich schnappte mir einen relativ gut erhaltenen Vater aus der Schöneberger Angehörigengruppe und zusammen gingen wir auf den Eingang zu, in dem Walldürn gerade erschien. Mit schlohweißem Pferdeschwanz und zahllosen Ringen an den Händen und im Gesicht machte er keineswegs einen erschütterten Eindruck. Wir kondolierten überschwänglich, der Wachmann beachtete uns nicht. Der ganze komplizierte Trauerfall wurde ihm wohl langsam langweilig.

Wir eilten ins Haus. Die mutmaßliche Walldürn-Sippschaft stand schon Spalier. Wir ließen uns von Walldürn den Weg zum Hof und zur Mülltrennung zeigen. Langsam gingen wir die Stufen hoch, ich ganz verwegen vorneweg.

Da hörte ich erst ein leises Rascheln, dann klirrte und klapperte es. Ich breitete die Arme aus und hielt die Guerilleros zurück: »Psssst.«

Wir hielten den Atem an, meine Knie wurden zu Butter. Hinter mir kicherte es nervös, jemand bekam einen Schluckauf. »Da!« Zwei drahtige kohlrabenschwarze Jungs hangelten sich über das Hoftor und sprangen ab. »Plinggg.« Das Tor schepperte, aber der Wachmann vorne hatte offenbar nichts gehört. Als die zwei näher kamen, drückten wir uns an die Hauswand. Die Frauen fassten sich an die Schultern oder hakten sich ein, die Männer boxten sich gegenseitig nervös in die Bäuche. Da fing plötzlich jemand an zu kichern.

»Na Wampe, Schiss gehabt?«

Das konnte nur Boris sein. Er war es, und neben ihm hüpfte Karate-Atze wie ein Gummiball auf und ab.

»Habt ihr uns einen Schrecken eingejagt, was macht ihr hier? Wenn nun der Wachmann gekommen wäre, dann wäre unsere ganze schöne Falle umsonst gewesen!«

»Mensch, Karsten, krieg dich wieder ein, ist ja nichts passiert. Wir wollten nur dabei sein, wenn ihr die Jungs schnappt.«

Im Grunde freute ich mich, die beiden zu sehen. Wir brauchten dringend Verstärkung, wir waren gerade mal elf Männer und Frauen an den Müllcontainern. Ich beschloss – zur allgemeinen Erheiterung – den Sprung der beiden Torkönige über die Mauer nachzumachen und auf diesem Weg eine Verstärkung zu uns in den Hof zu schleusen. Ich nahm unter dem lautlosen Gejohle der Genossen Anlauf, grapschte nach dem Rand und rutschte kläglich ab. Ich zuckte grinsend mit den Schultern, da raste schon der durchtrainierte Gravensteiner-Vater an mir vorbei. Er rutschte zunächst auch ab, aber schaffte es im zweiten Anlauf souverän. Er wedelte von draußen mit den Armen und spreizte die Finger zum Victory-Zeichen.

Er holte ein größeres Rudel agiler Schizokokken-Jungs. Sie erhielten exakte Anweisungen – hier auf diesen Vorsprung, dort an der Leitung festhalten und auf die Biotonne! Die Invasion war perfekt. Jetzt waren wir dreiundzwanzig und unser Durchschnittsalter war dramatisch gesunken. Wir saßen und standen hinter Containern und Sortierboxen, der Gravensteiner hockte neben mir unter einem Vorsprung beim Altpapier.

Über eine Stunde rührte sich nichts. Von Ferne war Gejohle vom Straßenstrich an der Potsdamer zu hören, Hundegebell, aufheulende Motoren. Mein linkes Bein schlief ein. Ich verlagerte das Gewicht, versuchte, mich lautlos zu massieren.

Um vier Uhr fing mein Herz wie wild zu pochen an, und mein sentimentales Darmphänomen meldete sich. Später bekam ich Hunger und war froh, als ich noch einen Getreideriegel in meinem Anorak fand. Fürsorglich, wie ich bin, teilte ich ihn mit dem Gravensteiner-Vater. Zum Dank flüsterte er mir die Odyssee seiner Tochter durch sämliche therapeutischen Landkommunen Schleswig-Holsteins zu. Ich verkniff mir, interessiert brummend, das Gähnen und blickte immer wieder auf meinen Timer.

Endlich, ich fühlte mich schon wie der Soldat im Wolgalied, öffnete sich die Tür zum Hof. Zwei Wachleute, eindeutig nicht die Blödiane, die wir wegen eines Todesfalls behelligt hatten, machten sich an der Kompostieranlage zu schaffen. Einer hielt ein winziges Fläschchen in der Hand, das mich an das Bittermandel-Backaroma der Gutsles-Produktion meiner schwäbischen Großmutter erinnerte. »Schiii, Zooo, Kokkkken!« Mit wilden Kampfschreien hechtete Karate-Atze von der Biotonne und aus allen Müllecken tat man es ihm nach.

Die verdatterten Sheriffs lagen am Boden, der Gravensteiner und ich beteten ihnen ihre Rechte vor: »Wir nehmen Sie hiermit im Auftrag der Berliner Sektion der Internationalen Schizokokken, des Berliner Landesverbands der Väter, Mütter, Kinder und Partner seelisch Leidender sowie des Intensiv-Betreuungsdienstes Just 4 You Schrägstrich Schwertfisch Limited vorläufig fest.« Wir hatten beschlossen, auf Abkürzungen zu verzichten und den Schrägstrich vor Schwertfisch auszusprechen. Schließlich hatten wir es mit Laien zu tun.

Sie stierten uns an, von vierundzwanzig Händen an allen vorhandenen Körperpartien auf den Boden gedrückt, als kämen wir von einem anderen Planeten.

19

Am nächsten Tag gab es nur zwei Pressemeldungen:

ABFALLVERGIFTER VON PSYCHO-ARMEE ERTAPPT

Und:

GEHEIMNISVOLLE TODESFÄLLE
BEI BERLINER SECURITY

Ein paar von uns waren noch am Tatort interviewt worden, Karate-Atze mit seinem unnachahmlichen Berliner Esprit eroberte die Herzen der Zuschauer. Vier Privatsender boten ihm einen jeweils anderen Vertrag an, als Moderator, als Animateur, als Sportredakteur oder – vervielfältigt – als Boygroup. Boris wurde immerhin zu einem kostenlosen Survivaltraining in einen Risikopark in der Niederlausitz eingeladen. Die Gravensteiner traten in drei Talk-Shows im Seniorenprogramm auf, wo vor allem die hochbetagte Karin Walldürn eine glänzende Figur machte. Carol folgte der Einladung eines überregionalen politischen Kanals und kommentierte die Ereignisse der letzten Tage in geradezu bestechender Weise.

Suzy und Felix nutzten die Gelegenheit und luden die Berliner Journalisten zu einer Pressekonferenz ein, bei der sie die unverzichtbare Arbeit von Schwertfisch im Allgemeinen und Just4you im Besonderen vorstellten. »Karsten Schäfer«, so stellte Felix mich vor, »ist als Sozialarbeiter im Corbusier-Komplex tätig, wo ja, wie Sie sicher alle wissen, am 24. Februar das erste Botulismus-Opfer, ein Klient von Herrn Schäfer, gefunden wurde. Es war übrigens er selbst, der den Klienten dank unseres vorbildlichen und mit dem Nutzerbeirat abgestimmten Überwachungssystems entdeckt hat. Aber vielleicht haben Sie einige Fragen direkt an Herrn Schäfer.«

Gefragt wurde, wen wundert's, fast ausschließlich nach den Toten und den Abfallvergiftern. »Wie genau sah der tote Heftschneider aus, könnten Sie ihn beschreiben? Was ging in Ihnen dabei vor?« Hartnäckig versuchte ich, in meinen Antworten auf das eigentlich Sensationelle unseres Kampfes hinzuweisen. Ich erzählte von den Psychos und den Schizokokken und von den Gravensteinern. Ich schwärmte von ihrer Supersensibilität, ihren Vorahnungen und von ihren unkonventionellen Ermittlungsmethoden. Noch immer war ich völlig high von unserem spitzenmäßigen Aktionsbündnis, noch immer konnte ich unseren Sieg nicht fassen. Ich fing an, von Marylin, Mrs Myer und Boris zu erzählen – Bill war mir dann doch zu privat –, als Felix mir rüde ins Wort fiel. Ich funkelte ihn verärgert an, er funkelte zurück, weil die meisten Journalisten gelangweilt die schönen Schwertfisch-Flyer zu Schiffchen falteten oder bereits Reißaus nahmen.

Erst allmählich kühlte ich etwas ab, schlief ein paar Stunden am Stück und versuchte, mich schlau zu machen. Kellermann und der Pressesprecher der Berliner Justiz tappten zunächst im Dunkeln, brachten dann aber doch die eine oder andere Erkenntnis nebst zugehöriger Theorie zutage: Bei den beiden schwarzen Sheriffs, Soffke und Meier, hatte es sich tatsächlich um Überzeugungstäter gehandelt. Sie hassten, das hatten die ersten Vernehmungen ergeben, vor allem Menschen, von denen sie sich ästhetisch belästigt fühlten. Und das waren Verwahrloste in jeder Ausprägung. Aber sie waren keine Einzeltäter, und sie hatten noch zwei weitere Motive: Macht und Geld. Der gesamte Wachdienst Trust United war eine korrupte Tarnorganisation, ein Heer von Söldnern. Die meisten von ihnen interessierten sich nicht für die Motive ihrer Auftraggeber. Sie hassten auch nicht. Wie echte Söldner machten sie für Geld einfach alles. Sie spionierten, klauten Daten, eliminierten.

Erst allmählich wurden die Hintergründe der Abfallvergiftung sichtbar. Es gab Drahtzieher im Hintergrund, aber es würde sicher noch Wochen, wenn nicht Monate dauern, bis alles ans Licht kam. »Wenn überhaupt«, meinte Kellermann in der Abendschau, legte den Kopf schief und knautschte seine gepuderte Nase.

Völlig unklar blieben die geheimnisvollen Vorfälle zur gleichen Zeit in der Zentrale von Trust United. Bei einem Geschäftsessen in der V.I.P-Lounge war die gesamte Führungsspitze des Security-Imperiums erschlafft unter die Tische gerutscht. Eine Assistentin, die wegen einer Obstallergie das Dessert, Carpaccio von der Kiwi, verschmäht hatte, löste umgehend Alarm aus. Aber es war zu spät. Zwei Manager überlebten die Vergiftung nicht. Die Ergebnisse der Obduktion wunderten keinen mehr groß, uns schon gar nicht. Ja, genau. Botulinumtoxin. Glücklicherweise hatten wir alle ein perfektes Alibi. Trotzdem grübelten wir: Wer, außer uns, konnte ein Motiv haben, Trust United platt zu machen?

Gerüchteweise gab es Verbindungen von Trust United zu einer globalen Aktionsgemeinschaft, die Berlin nach dem Vorbild anderer Metropolen sauber und sicher machen wollte. Berlin hatte sich – und darüber herrschte Einigkeit – in den letzten zwanzig Jahren bereits gewaltig herausgeputzt. Die strengen Visumkontrollen der EU waren effektiv und die Zahl der Illegalen und Geduldeten sank permanent. Marodes Gemäuer war verschwunden, es lag kein Abfall herum, die Polizei hatte mit einer enormen Präsenz die Straßenkriminalität fast auf null reduziert. Keine rumänischen Hütchenspieler mehr! Berlin war schön, aber immer noch nicht schön genug. Es sollte glitzern, es sollte funkeln, es sollte glänzen und schimmern, wie eine CD-ROM.

Zwischen den Großstädten war eine enorme Konkurrenz

ausgebrochen. Der Städte Tourismus war einer der wichtigsten Wirtschaftsfaktoren geworden. Man jettete zum Shopping nach Paris, nach Singapur oder Hongkong. Man flog zum Karneval nach Rio, zur Iron-Man-Parade nach Brisbane. Kein Mensch hatte Lust, sich von den Hungernden in Recife oder Bukarest begrapschen zu lassen. Auch ich liebte es, mich auf die breiten Trottoirs schöner Städte zu setzen, schöne Menschen zu sehen und Latte Macchiato zu schlürfen.

Ich erinnerte mich daran, dass die Geschäftsleute der City-West immer wieder gefordert hatten, die Penner vom Ku‘damm, aus den Passagen und vor der Gedächtniskirche zu entfernen. Es hatte Anfragen ihres Sprechers, Müller-Grünau, im Abgeordnetenhaus gegeben, im Gesundheitsausschuss, in der Bezirksverordnetenversammlung sowie Eingaben an den Petitionsausschuss. Die Polizei, das Sozialamt, der Sozialpsychiatrische Dienst waren befragt worden. Müller-Grünau hatte sogar angeboten, für jeden einen Platz in einem Wohn-Komplex zu finanzieren. Aber das war nicht das Problem. Die meisten dieser Männer und Frauen hatten eine Wohnung oder zumindest einen Unterschlupf. Man konnte sie nicht zwingen, nach Hause zu gehen. Es gab kein Gesetz, das verbot, auf den Straßen zu sitzen. Noch nicht.

Ganz ehrlich: Auch ich graute mich vor den dunklen Gestalten, die hinter den Restaurants in den Speiseresten wühlten. Ich verstand nicht, warum sie die feuchten Parkbänke an der Spree einem warmen Bett vorzogen. Ich verstand es nicht, aber ich ahnte es. Wahrscheinlich konnte man gegen die finsteren Mächte im Kopf nur kämpfen, wenn man sich auf die Pirsch machte. Wenn man unterwegs war. Wenn man alles im Blick hatte.

Der Haifisch hatte immer noch Zähne. Die einen standen noch immer im Dunkeln und die andern noch immer im Licht. Aufträge wurden erteilt. Geld floss. Aufträge wurden erledigt.

Wir hatten nur die Spitze eines Eisbergs angenagt. Und irgendwo schwamm ein Schwertfisch im Tiefen und sägte.

Ein paar Tage lang waren wir obenauf und lächelten selig vor uns hin. Doch unser Ruhm verblasste, so schnell, wie er gekommen war: keine Pressekonferenzen mehr, keine Einladungen zu merkwürdigen Gameshows. Die Gravensteiner rafften sich noch einmal auf und organisierten in ihrer Zentrale in Pankow ein tolles Fest, bei dem dann aber die aufmüpfigen Schizokokken und die rührseligen Mütter nicht viel miteinander anzufangen wussten.

Die Helden des Kampfes gegen die Abfallvergifter saßen an einem Tisch, ich war natürlich dabei. Der alte Gravenstein kam höchstpersönlich, und ich musste wohl oder übel Konversation mit ihm machen. Er gab mir immer wieder die Hand, klopfte mir auf die Schulter und führte mich sogar unter dem Applaus der Anwesenden auf das improvisierte Podium. Während er sprach, wurde auf die Wand hinter ihm die heiße Phase unseres Kampfes projiziert. Wir hatten diese Sequenz bereits so oft gesehen, dass schon vor den witzigsten Stellen Gelächter ausbrach: mein gescheiterter Torsprung, die atemlose Festnahme der Übeltäter.

Während Gravenstein seine viel zu lange Rede hielt, hatte ich Zeit, das Publikum zu beobachten. Bill konnte ich nicht entdecken; sicher war er schon wieder auf dem Klo und zählte seine Gebrechen. Mrs Myer unterhielt sich äußerst angeregt mit Boris und Carol; sie war kommentarlos wieder aus der Versenkung aufgetaucht.

Dann wurden die anderen Helden nacheinander auf das Podium gerufen, nur Bill fehlte. Da sah ich ihn; er war schon am Ausgang und warf einen letzten, bitteren Blick auf uns alle, die vereinigte Abfallguerilla, und ganz speziell auf mich. Dann war er weg. Gravenstein drückte noch einmal jedem die Hand und gab Kevin ein Zeichen, der drehte die Musik laut. Es gab Wiener Walzer für die Angehörigen und die Dementen, Cyber Blues für die Schizokokken und den Nachwuchs. Gravenstein tanzte mit Karin Walldürn, Atze mit Marylin. Und ich tanzte mit Mrs Myer. Schließlich war er eine Frau.

20

Als ich am nächsten Morgen aufwachte, lag ein feines, liebliches Aroma in der Luft. Ich öffnete das Fenster weit, klopfte bei Bill und fragte ihn, an was ihn dieser Geruch erinnere? Ich sah vor meinem geistigen Auge eine Plantage bei Söller auf Mallorca. Oder war es mein Duschgel?

Bill war völlig in sich zusammengefallen. Einige wenige Tage nach unserem Triumph war er noch wie angestochen durch die Gegend gerast. Aber wegen unserer Aktion gegen die Abfallvergifter hatte er einen wichtigen Auftrag nicht termingerecht erfüllt und seinen größten Kunden verloren. Er sei unzuverlässig, hieß es. Man löschte ihn aus den Dateien.

Jetzt lag er matt auf seinem Futon und fingerte schon wieder an eingebildeten Tumoren herum. Ich fragte ihn noch einmal nach dem Geruch, ob er ihn nicht an unseren Urlaub auf Zypern erinnere? Er raffte sich endlich auf und kommentierte den wunderbaren Duft mit einem trockenen Kommentar. Ich wisse mal wieder nicht Bescheid. Ich sei Karsten Schäfer, der sentimentale Trottel. Okay, er erkläre es mir. Ford, Opel, Chrysler und Volvo, die längst zum global größten Autokonzern SKY fusioniert hatten, sponserten heute, immerhin war Sonntag, eine olfaktorische Berieselung per Helikopter von Berlin und Umland mit der Note Orangenblütenhain.

Nach dem Elf-Uhr-Lauf im Schlosspark fuhr ich mit Bill in

der S-Bahn hinaus ins Grüne zu Janina, soweit man Anfang März in Berlin von Grün reden kann. In meiner schwäbischen Heimat blühten schon die Tulpen, hatte meine Mutter berichtet, in Caputh gab es den ersten Huflattich zu bestaunen.

Janina hatte sich Mühe gegeben: In ihrem piekfeinen und absolut authentischen Geräteschuppen (»Hier hat Einstein wahrscheinlich seine Laubharke aufbewahrt«) servierte sie uns ein Stehbüfett mit originellen Alt-Berliner Spezialitäten: Sojahackepeter, dehydriertes Griebenschmalz, Zander und Hecht – der Fisch war sicherheitshalber aus Neufundland eingeflogen worden. Rü, der die Restauration geplant und die Bauarbeiten überwacht hatte, zeigte mir stolz ein paar besonders niedliche Details: ein altes Mäuseloch, sorgfältig konserviert, und ein unbeholfenes Graffiti (»Die fette Karin bumst mit Andreas O.«) hinter Spezialfolie.

Wir machten einen Spaziergang vom Einsteinturm zur Fähre. Janina und ihr Gespons horchten Bill aus, das vermutete zumindest mein paranoides Ich-Segment. Rü und Klüppel, meine guten alten Freunde, lasen mir die Leviten.

»Hockt ihr nicht ein bisschen zu dicht aufeinander, Bill und du?«, schoss Rü so unverhofft los, dass ich den Eindruck hatte, das Gespräch sei einstudiert. Ich antwortete nicht. »Wann bist du eigentlich das letzte Mal um die Häuser gezogen? Wann hast du mal alleine was gemacht, nur für dich? Vor wie vielen Jahren war der an einer pathologischen Filmknäcke leidende Karsten Schäfer das letzte Mal im Kino? Bei uns meldest du dich ja auch kaum noch.«

Ich wurde sauer. »Mit diesen Sprüchen könnt ihr vielleicht bei den Gravensteinern eine Angehörigengruppe bestreiten. Aber mich lasst bitte in Ruhe mit dem Quatsch. Bill geht es beschissen, ich fühle mich schuldig, und das Ganze geht keinen was an. So, und jetzt möchte ich gerne über etwas anderes reden.«

Wir schafften es irgendwie, den Rest der Zeit mit halbwegs anständiger Konversation zu verbringen. Über den Guerillakampf gegen die Abfallvergifter. Über die Aufträge, die Rü als Architekt ab und zu erhielt. Wie ungeheuer froh und zufrieden ihn die Arbeit machte, leider kam er nur ganz selten zum Zuge. Klüppel war mit seinen Gremien und Konferenzen nur noch eine Woche pro Monat ausgelastet. Die beiden überlegten deshalb ernsthaft, in Irland, auf den Hebriden oder auf den Kapverdischen Inseln eine Pension (»Ganz winzig und gemütlich, nur für unsere Freunde«) aufzuziehen. Da könne man dann gemeinsam alt werden. Es sei an der Zeit, sich darüber Gedanken zu machen.

Mir fiel wenig dazu ein. Bedrückt und mit einem schlechten Gewissen fuhr ich abends mit Bill wieder in die Stadt zurück. Er war gerade davon überzeugt, Creutzfeldt-Jakob zu haben, wollte mich aber nicht weiter damit behelligen.

21

Mühsam fand ich wieder zurück in unseren Schwertfischalltag. Sicher, wir kannten uns jetzt besser, wir zwinkerten uns verschwörerisch zu. Aber es half alles nichts – es war vorbei.

Ich vermisste unsere aufgeregten Gespräche, die witzigen Einlagen von Karate-Atze, die kreativen Ideen von Carol und ganz besonders die straffen Haarknotenanalysen von Mrs Melvin Myer. Immer wieder saß ich träumend an meinem Schreibtisch bei Corbusier oder zu Hause am Küchentisch und ließ die schönsten Szenen über meine innere Leinwand flimmern. Am häufigsten meine Lieblingsszene: Kellermann trifft ein, mitten in der Nacht grausam geweckt, schiebt er sich im Anorak an aufgedrehten Schizokokken und Angehörigen vorbei. Schimpft vor sich hin, zerknautscht seine Nase. Der Hof ist inzwischen taghell erleuchtet von den Spezialspots der Spurensicherung. Wir sind von den Beamten in eine Ecke gedrängt worden, die Müllcontainer sind abgesperrt und versiegelt. Die überrumpelten Täter sind schon lange abgeführt, unsere Personalien werden in einer stundenlangen Aktion aufgenommen. Das macht uns nichts, wir könnten noch tagelang hier stehen und jubeln. Bill steht plötzlich neben mir und Boris und fummelt an mir herum. Er pflückt die Sensoren aus meinem Jackenfutter und zeigt mir, dass er nicht vergessen hat, wo ich besonders kitzelig bin. Deshalb lache ich auch, und dann lachen wir alle gemeinsam und rütteln und kneifen gegenseitig an uns herum. Er grinst siegessicher und beantwortet stolz die ersten Fragen Kellermanns. Durch das inzwischen weit geöffnete Hoftor sehe ich Mrs Myer, ein schlafendes Kind auf der Hüfte. Winkt sie mir zu? Hinter ihr drängeln die andern – Carol, Cassius und Kevin –, und ich wünsche mir, das wäre die letzte Einstellung und der Film hätte ein Happy End ...

Mein eigenes Zuhause war noch immer ein trostloser Ort. Bills Zimmer war oft verwaist. Oder Boris saß bei ihm und die Tür war abgeschlossen. Vermutlich schluckten sie oder zogen sich irgendwas rein. In den kurzen Pausen zwischen dem Wummwumm der Anlage war es verdächtig still. Ich lauschte. Schmiedeten sie eine Intrige gegen mich oder wälzten sie sich im Bett herum? Beide Vorstellungen waren mir unerträglich. Wenn Bill alleine war, ging es ihm noch schlechter. Er wartete vergeblich auf einen Auftrag und rührte sich nicht vom Fleck. Sein X-max steckte, als sei er festgewachsen, in seinem Ohr. Von Auszug war keine Rede mehr; ich rührte nicht daran.

Ende März erhielten wir Nachricht von Mehmet. Er war zu unser aller Entsetzen in der Charité gelandet. Unfassbar, dass man uns nicht gleich verständigt hatte. Aber wir verstanden allmählich den Grund: Mehmet war mit schweren Verletzungen, tiefen Schnitten zwischen den Rippen, im Tiergarten aufgefunden worden. Es blieb unklar, ob die Täter gezielt vorgegangen waren. Zwischen den Rippen war bei Mehmet – wie bei uns allen der Szillo, der Biodatensender, implantiert. Gewesen. Denn er war wenig sorgfältig mit einem stümperhaften Schnitt herausgetrennt worden. Bewusstlos, mit einer schweren Amnesie, hatte ihn eine Streife zwischen den Rhododendren entdeckt. Erst seit kurzem war er wieder ansprechbar und konnte seinen Namen nennen. Er wollte besucht werden, und wir sollten ihm unbedingt ein paar Kippen mitbringen.

Wir waren alle erleichtert, dass nichts Schlimmeres passiert war. Im Tiergarten! Nicht auszudenken, wenn auch dort die Sheriffs ihre Opfer gesucht hätten. Suzy war außer sich. »Schon den zweiten Tag in der Charité! Das kostet uns ein Vermögen. Ein Tag dort verschlingt eine Woche der höchsten Modulstufe im Hilfeetat!« Ich versuchte ihr klar zu machen, dass die Behandlung wegen einer ausschließlich somatischen Erkrankung – und waren Schnittwunden etwa nicht rein somatisch? – nicht unter unsere Regelung fiel. Erst als Felix ihr meine Auskunft bestätigte, beruhigte sie sich. Unser Doktor, Jack, fuhr ins Krankenhaus, um mit Mehmet und den Ärzten die neuroleptische Depotmedikation auszuhandeln. Übermorgen würde Karl ihn mit seinem Hydromobil ins Corbusier zurücktransportieren. Es schien uns nicht ganz zu passen, dieses Wort, aber das war es nun mal: sein Zuhause.

An dem Tag, als Mehmet gefunden wurde, fuhr ich abends deprimiert in unsere Wohnung. Ich hoffte auf Bills Interesse, wenn schon nicht auf seinen Trost.

In der Wohnung war es still, keine Musik, keine Stimmen, kein Geblubber aus unseren diversen elektronischen Utensilien. Ich fand Bill im Bad, nackt, sein rechtes Bein auf dem Rand der Badewanne. Er tastete es bekümmert ab, so wie er zuvor seinen Nacken und seine Hoden untersucht hatte.

Als er mich sah, fing er an zu jammern. Dann bewegte er sich vor den Spiegel, grimassierte und stülpte mit den Fingern seine Lippen um. »Siehst du dieses Bläschen? Es breitet sich aus. Es wird größer. Und die harte Stelle an meiner Wade ist auch wieder aufgetaucht. Ich habe einen Knubbel unter der Achsel, fühl mal! Irgendetwas stimmt nicht mit mir. Ich glaube, ich bin todkrank!«

Ich versuchte, Bill zu beruhigen. Ich tastete seine Wade ab, er spannte den Muskel an. Im Nu entstand eine verhärtete Stelle. Wahrscheinlich machte er das schon seit Stunden. Er züchtete einen Wadenkrampf. Ich zog seine Lippe nach außen und erkannte das kleine Infektionsbläschen. Ich hatte erst letzte Woche eines gehabt. Unter seiner frisch rasierten und sicher stundenlang geschrubbten Achsel fand ich ein ganzes Knubbellager, links und rechts. Es erschien mir stimmig, aber was wusste ich schon von Achseln.

»Was hast du denn den ganzen Tag gemacht?«, versuchte ich in möglichst sanftem, unaufgeregtem Ton zu fragen. Bill antwortete nicht, sondern inspizierte weiter den Brustkorb und seine Genitalien. Er setzte sich auf den Rand der Badewanne, schlug die Hände vors Gesicht. Es tat mir weh. »Du warst doch nicht etwa schon wieder beim Arzt?« Bill schüttelte zweideutig den Kopf, es konnte ja heißen oder auch nein. Ich würde später seine Medicard checken und mir einen weiteren Schock holen. Bill war in diesem Quartal bei siebzehn verschiedenen Ärzten gewesen, zu vollständigen Check-ups, ohne Konsultation bei seinem Zentralarzt. Ich hatte versucht herauszubekommen, wie ihm das gelungen war, aber er hatte mir keine Antwort gegeben. Die Rechnungen würden gigantisch sein.

Mir war nicht ganz klar, was Bill von den Ärzten hören

wollte. Hätte es ihn beruhigt, wenn so etwas Beherrschbares wie eine HIV-Infektion oder Krebs diagnostiziert worden wäre? Hätte ihn eine Pseudochemotherapie beruhigt? Oder meinte er, dass er sich einen jener neuen Megaviren eingefangen hätte und dass er bald sterben müsse? Der Himmel war schwarz über Bill, die Wolken hatten sich zusammengeballt, und ich wusste, bald würden sie sich entladen.

22

Die Gremienwoche kam Anfang April. Weil die Großkopferten nur zu wenigen wichtigen Sitzungen präsent sein mussten, wurden die Termine inzwischen so gelegt, dass mit einer Woche Anwesenheit in Berlin alles zu absolvieren war. Danach robbte der Vertreter der Gesundheitskasse wieder unermüdlich ohne Proviant durch einen Dschungel, der Psychiatriekoordinator hütete seine späten Kinder, die neue und einzige Psychiaterin des Amtes, Frau Dr. Boldt meditierte die restlichen drei Wochen in einem Kloster bei Ulm. Nur das Fußvolk wechselte sich den Rest des Monats ab.

Der Hilfeetat eines jeden Betreuten musste mindestens einmal jährlich in der Etatkonferenz besprochen und bewilligt werden. Wir legten die Fristen so, dass auch diese Sitzungen in der Gremienwoche, zu Anfang jeden Monats, stattfinden konnten.

Ich kannte Boris seit über zwanzig Jahren. Seine faszinierenden Auftritte waren es letzten Endes gewesen, die mich zum Schwertfisch gemacht hatten, seine Unberechenbarkeit, seine Elektrizität. Schon lange wurde er nicht mehr von mir betreut, aber er hatte mich immer als »Person des Vertrauens« benannt. Seine Mutter war längst gestorben, andere Angehörige gab es nicht. Er hätte ihnen wohl auch nicht über den Weg getraut. Boris war misstrauisch geworden, auch mir gegenüber. Aber ich bildete mir ein dass, uns immer noch etwas Besonderes, Geheimnisvolles verband. Früher war es das gemeinsame Wissen um seine psychotischen Schübe gewesen, in denen er vor zischenden Dämonen flüchtete und ich ihn in Sicherheit brachte.

Jetzt gab es etwas, das nur mich bedrohte. Seine enge Freundschaft mit Bill hatte ihn mir viel näher gebracht, so nah, dass ich abzustürzen drohte. Gleichzeitig sah ich, wie er sich quälte. Die Zuneigung zu Bill hatte eine Glut in ihm entfacht, die nicht loderte, sondern schwelte, und ihn mit ihrem stickigen Rauch vergiftete. Die neuroleptische Haube, eigentlich zu seinem Schutz gedacht, ließ ihn ersticken. Ich war zu traurig und zu missgünstig, um ihm Beistand zu leisten.

Bei der Etatkonferenz am 2. April stand er als TOP 1 auf der Tagesordnung. Er saß wie gewohnt neben mir: schwarzweiß, den fahlen Strick um den Hals, der seit einigen Jahren sein altes Markenzeichen, die Stola, ersetzte. Wir schafften es hervorragend, uns nicht anzusehen. Durch den Kampf gegen die Abfallvergifter hatte auch Boris eine gewisse Prominenz erlangt; einige Studenten hatten sich die Teilnahme an der Konferenz mit Schweigepflichtserklärungen erkämpft.

Rachel, Boris Bezugsbetreuerin, referierte den Ist-Stand. Boris hatte nur zwei Gesprächskontakte im Monat. Um ihm die Wohnung zu erhalten, gab es einen Hausbesuch im Monat durch Rachel (Motivation und Kontrolle) und einen Einsatz der »Flotten Bienen« (Alltagsassistenz). Mehr ließ er nicht zu. Pauschal angesetzt wurde außerdem der Besuch des Tageszentrums, vier Module pro Woche. Alles in allem siebzehn Module im Monat, ein billiger Klient.

So billig war er geworden, seit ihm vor zwei Jahren ein Glyxina-Spender implantiert worden war. Schluss mit dem zeitraubenden Gezerre um die Medikation! Die teure Prozedur mit diesem luxuriösen Neuroleptikum war in harten Debatten durch die Ethikkommission und den Härtefall-Ausschuss der Gesundheitskasse gepeitscht worden. Auch ich hatte mich damals für ihn ins Zeug gelegt – oder gegen ihn; es war eine Frage des Blickwinkels.

In jeder Etatkonferenz hat nach der Begrüßung und Vorstellung der Klient das Wort. Wie geht es ihm? Wie ist er mit den zugestandenen Hilfemodulen zurechtgekommen? Hat er die selbst gesteckten Ziele erreicht? Kann vielleicht reduziert werden? Oder gab es Zwischenfälle, musste womöglich eine stationäre Behandlung in Anspruch genommen werden?

Boris kannte die Prozedur. Er nahm den monströsen Knoten des Seils, das um seinen Hals lag, zwischen zwei Finger, hob ihn hoch und sagte: »Ich möchte dieses Ding hier wieder loswerden. Den chemischen Knebel, den neuroleptischen Strick. Ich weiß nicht mehr, wozu ich überhaupt noch leben soll. Ich bin ja nur noch ein großes Loch. Da wär ich lieber gleich tot.« Boris presste die Worte heraus, reduziert in Artikulation und Lautstärke, wie immer, wenn er Neuroleptika nahm. Allerdings nicht annähernd so erschreckend, wie ich es damals, Ende der Neunziger, während meines Praktikums bei meinem Besuch in der Klinik erlebt hatte. Boris war mir unter Fluanxol nur noch lahm und verfressen erschienen. Die Medikamente waren humaner geworden, ohne Zweifel, aber für Boris kam sein Implantat einer Kastration gleich. Er hatte seine Wut verloren, seine Leidenschaft und vielleicht auch seine Potenz. Nicht einmal kämpfen konnte er in diesem Zustand gegen die Chemie. Ich konnte gut verstehen, dass er seinen glitzernden Wahn und seine missionarische Getriebenheit vermisste. Und seine libidinöse Energie. Aber verstehen und verstehen war zweierlei.

Alle Anwesenden sahen betreten zur Seite. Es wurde gehustet, Kaffee nachgeschenkt, geflüstert. Boris juristischer Betreuer meinte, er sei strikt dagegen, die Rechtslage sehe aber wohl anders aus. Da müsse ein Richter ran. Frau Dr. Boldt, die Psychiaterin vom Amt, meditationserfahren, legte den Kopf schräg und dachte nach. Die Ethikkommission müsse darüber entscheiden, dies sei keine Frage des Hilfebedarfs, sondern eine medizinisch-ethische Fragestellung.

Der Vertreter der Gesundheitskasse und der Budgetbeauftragte des Bezirks erhoben Einspruch. Es gehe sie sehr wohl etwas an, wenn Herr Salowski demnächst wieder die Hälfte des Jahres mit einem astronomischen Tagessatz in stationärer Krankenhausbehandlung verbringe. Für sie als Kostenträger liege der Fall klar. Der Antrag müsse abgelehnt werden. Möglicherweise seien in diesem Fall aber wirklich entscheidende Grundrechte tangiert, das könne man nicht beurteilen.

Boris wurde weiß. »Was heißt das nun? Kann der Spender raus oder nicht? Muss ich den Strick zuziehen?«

Ich schaltete mich ein, versuchte zu vermitteln. »Wenn ich das richtig verstanden habe, muss dein Anliegen der Ethikkommission des Bezirks vorgelegt werden. Heute passiert erst einmal überhaupt nichts.«

Boris stand. »Und wer sorgt dafür, dass diese Ethikleute sich tatsächlich damit beschäftigen? Muss ich mit Selbstmord drohen, bitte, das können Sie haben. Lassen Sie mich wenigstens ein halbes Jahr mit klarer Birne durch die Gegend laufen.«

Kuhfink, der Koordinator, sah auf seinen Brainmaster, terminierte eine Weile rum und beendete dann den Tagesordnungspunkt: »Nächste Ethikkommission: 5. Mai. Herr Boris Salowski als Antragsteller, Herr Schäfer als Person des Vertrauens, Frau Rachel Kuhn als Bezugsbetreuerin, Frau Dr. Boldt vom Sozialpsychiatrischen Dienst als Sachverständige. Über Ihren Hilfeetat können wir unter diesen Voraussetzungen nicht entscheiden, wird also ebenfalls vertagt. Ich schlage vor, die bisherigen Module werden zunächst einmal bis auf weiteres verlängert. – Vielen Dank. Nächster Tagesordnungspunkt!«

Ich verließ mit Boris den Konferenzraum des Rathauses. Wortlos gingen wir durch das Labyrinth der Gänge, über immer neue Treppen, bis wir schließlich den Ausgang fanden. »Du hättest mir wenigstens vorher was sagen können, Boris. Wie stehe ich denn da als Person deines Vertrauens, wenn ich nicht die mindeste Ahnung habe.« Boris wandte sich schon ab von mir, dann drehte er sich noch einmal um: »Bist du denn überhaupt noch die Person meines Vertrauens, Karsten? Willst du es sein? Kannst du es noch sein? Oder habe ich jetzt verschissen, weil ich dir deinen geliebten Bill wegnehme?«

Ich schnappte nach Luft.

Boris lief weiter. »Überleg es dir!«, schrie er noch einmal zurück und ließ mich stehen.

Ich setzte mich kurz auf eine Stufe und versuchte, mich zu beruhigen. Er hatte mich an meiner empfindlichsten Stelle getroffen, irgendwo zwischen Magen und Bronchien. Der Schmerz war unerträglich. Ich wand mich hin und her, schließlich stemmte ich mich wieder hoch.

23

Vor dem Rathaus staute sich der Verkehr. Schon wieder ein Staatsgast mit seinem Tross, dachte ich. Eigentlich hatte ich andere Probleme, aber ich blieb stehen und glotzte.

Ein Mann lief auf der Mitte der Fahrbahn, mit ausgestreckten Armen, und balancierte auf der weißen Mittellinie zur Kreuzung am Schloss. Ich wurde neugierig. Er blickte starr geradeaus und bewegte sich erstaunlich schnell. Wenn die weiße Linie unterbrochen war, zögerte er kurz irritiert, fixierte dann den nächsten Strich und wurde wieder flotter, wenn er ihn erreicht hatte. Ich hatte Bill längst an seinem Gang erkannt. Ich rief ihm zu. Er strengte sich an, versteifte sich, drehte den Kopf aber keinen Zentimeter. Ich sah Boris auf der anderen Straßenseite. Auch er rief: »Bill, was machst du denn? Komm rüber!« Aber Bill drehte sich auch nicht zu ihm um. Stattdessen setzte er ein Bein vor das andere, links, rechts, links.

Wir trafen uns in der Mitte, bei Bill. Wir hielten seine Arme, Boris links, ich rechts, und passten eine Lücke im Verkehr ab. Erst zogen wir in verschiedene Richtungen, aber ich gab rasch nach. Gemeinsam schleiften wir Bill, der wie ein Kartoffelsack zwischen uns hing, ans rettende Ufer, zum Grünstreifen, und weiter zum Klausener Platz. Wir waren schon fast zu Hause.

Wir hievten ihn in den Fahrstuhl, trugen ihn in sein Zimmer. Dort drehte und wand sich Bill aus unserem Griff und blieb wortlos stehen. Ich holte etwas zu trinken, Boris redete auf ihn ein. Bill drehte sich zur Wand. Ich schrie ihn an, Boris bettelte und lockte, er rührte sich nicht. So verging eine Stunde. Ich legte ihm eine Decke über die Schultern, nahm ihn in die Arme. Er blieb stocksteif. Wir warteten ab. Wir redeten beide auf Bill ein, jammerten und seufzten. Eine weitere Stunde verging. Wir setzen uns, wir standen wieder auf. Wir liefen hin und her, berührten Bill, zogen an ihm. Er blieb gnadenlos stehen. Nach Mitternacht waren wir beide eingeschlafen, Boris im Sessel, ich auf Bills Futon. Als ich aufwachte, lag Bill zwischen uns auf dem Boden, gekrümmt wie im Mutterbauch. Er reagierte nicht mehr, aber sein Gesicht glühte, er atmete heftig und zuckte. Ich wählte einen Kurzcode, den ich schon fast vergessen hatte: RONDO, das Krisenteam von City-West.

Boris wachte davon auf, sah mich bestürzt an, aber auch irgendwie erleichtert und verkrümelte sich.

Das RONDO-Team kam mit seinem kleinen gelben Elektromobil und einer großen Tasche. Sie waren zu dritt, einen kannte ich vom Sehen. Sie holten ein schlaffes Gebilde heraus, legten es neben Bill auf den Boden. »Pffffffffft«, es blähte sich blitzschnell zur Größe eines wabbeligen Schlauchboots auf. Sie warfen mir unverhohlen skeptische Blicke zu. War das nicht der Dicke von Schwertfisch? Vorsichtig hoben sie Bill in die Mulde in der Mitte des Riesenkissens und dimmten das Licht. Sie schickten mich aus dem Zimmer, ich blieb im Durchgang stehen.

Wie lange war ich selbst bei diesem Verein gewesen? Vielleicht sechs Jahre, ich wusste es nicht mehr genau, konnte mich nicht konzentrieren. Wie oft war ich selbst in fremde Wohnungen gestürzt, hatte mich auf einen Sessel gesetzt, der hastig frei geräumt worden war? »Könnten Sie bitte den Fernseher ausmachen!« war fast immer mein erster Satz gewesen. Wir hatten es genauso gemacht, nur diese Luftmatratze, dieses riesige Notfallkissen hatten wir damals noch nicht. Ich setzte mich endlich an den Küchentisch. Der Krisenberater als Klient – viel schlimmer konnte es nicht mehr kommen. Das also war die dunkle Wolke gewesen, jetzt war sie weg, und ich war dem grausamen Ozon schutzlos ausgesetzt. Wenn es ein Maß für Scham gibt, oder für Schuld, dann war ich ganz oben an der Skala angelangt. Das Krisenteam in meinem Haus! Später kam ein junges Mädchen mit vielen Zöpfen und setzte sich zu mir. Sie sah mir in die Augen. Sie schwieg bedeutungsvoll. Dann fing sie endlich an: »Es hat Sie große Überwindung gekostet, uns zu rufen. Das kann ich gut verstehen.«

Du dumme Nuss, dachte ich, gar nichts verstehst du. Es ist zu Ende, alles ist vorbei, das ist mein Untergang.

»Sie haben eine wirklich schwere Nacht hinter sich!«, probierte sie es weiter.

Ja, ja, hak du nur deine Liste ab. Du hast keine Ahnung, wie kalt die Verzweiflung macht. Ich bin schon längst erfroren.

Sie wartete eine Weile, natürlich, so hatte sie es in ihren Seminaren gelernt. Ich hütete mich, etwas zu sagen, denn ich kannte dieses Spiel. Sie konnte alles gegen mich verwenden, ich wäre in jedem Fall der Dumme. Dann kämen zu der Schuld noch Spott und Schande hinzu.

»Wir würden die Situation gerne verstehen. Es wäre hilfreich, wenn Sie erzählen, was passiert ist.«

Meinst du, ich falle darauf rein? Ein bisschen schlauer könntest du es schon anstellen. Aber hartnäckig bist du. Du könntest mich auch einfach liegen lassen, in der Kälte, im Eis.

»Vielleicht brauchen Sie einfach noch etwas Zeit. Ihnen scheint kalt zu sein. Ich mache uns einen Kaffee. Ich hoffe, Sie sind einverstanden?«

Tausend Gedanken jagten durch mein Gehirn, keiner war zu fassen. Ich hörte das Zischen der Espressomaschine, das Zuklappen des Kühlfachs. Sie bewegte sich routiniert in unserer Küche, in meinem Leben. Sie fand sich zurecht, ich hatte meinen Platz verloren. O Gott! Ich verbarg mein Gesicht in den Händen und registrierte fasziniert, wie meine Handflächen feucht wurden. Doch es regnete nicht. Da gab ich auf.

Als ich genug geweint und geschnieft und geschlürft hatte, fing ich an zu erzählen. Ich erzählte ihr von Boris, denn ihn kannte ich am längsten und mit ihm hatte alles angefangen. Dann von Schwertfisch und vom Corbusier-Komplex. Sie nickte so heftig, dass ich merkte, sie kannte sich in der Szene aus. Und dann sprach ich von Bill, dass er erst mein Partner war und dann mein Gefährte oder mein Schützling oder mein Sohn, sie könne sich was aussuchen.

Sie lachte, aussuchen müsse schon ich selber. Damit fange die Arbeit schon mal an.

Also fummelte ich auseinander, den Sex und die Liebe, die Sorge und den Neid. Es war nicht schlecht, den ganzen Schlamassel mal in Kästchen zu packen, während sie half beim Hin- und Herschieben. Sie kapierte recht schnell, obwohl sie noch keine dreißig war. Sie fragte ab und zu, nahm mich an der Hand und lief mit mir durch meine Träume. Sie ermutigte mich, in ein paar dunkle Löcher zu gucken. Wie Bill krank geworden war und wie der Kampf gegen die Abfallvergifter nicht nur uns beide wieder zusammengebracht hatte, sondern Boris noch dazu. Dann schickte sie mich schlafen und ging zurück in Bills Zimmer. Ich hörte noch ein paar Mal die Tür auf- und zugehen, bevor ich einschlief.

Am nächsten Morgen meldete ich mich krank. Nur einer von den RONDO-Leuten war über Nacht geblieben. Die Frau mit den Zöpfen, ich wusste jetzt, dass sie Merian hieß, war nicht mehr da. Ich erfuhr, dass sie Bill einen Tranquilizer gegeben hatten, er schlief in diesem Rettungsboot und wachte erst am Nachmittag auf. Später löste Frau Merian ihren Kollegen ab und sprach mit Bill, ich hörte ihre Stimmen durch die Tür. Dann kam sie zu mir. Sie war mir wieder fremd; ich konnte nicht verstehen, dass ich sie in mir herumspazieren hatte lassen. Ich fragte sie: »Und wie geht es jetzt weiter? Nehmen Sie ihn mit?« Sie schüttelte den Kopf und fragte zurück: »Wäre Ihnen dann wohler? Möchten Sie, dass Bill verschwindet?« Ich starrte sie an, fast verlor ich erneut die Fassung. »Nein! Aber vielleicht muss er in die Klinik. Vielleicht hat er ja wirklich Krebs oder Aids oder was weiß ich! Das hat er doch die ganze Zeit geglaubt.«

Sie schüttelte den Kopf: »Ich denke nicht, dass er organisch krank ist. Er hat uns ein paar Atteste gezeigt – alle ohne Befund. Er muss bei vielen Ärzten gewesen sein. Seine Biodaten sind ausgezeichnet, sonst hätten wir ihn gestern Abend eingewiesen. Aber es geht ihm ohne Zweifel schlecht, sehr schlecht.

Vielleicht können wir gemeinsam herausfinden, weshalb das der einzige Ausweg für ihn ist, das Kranksein. Sie kennen das ja: eine ausweglose Situation, da bleibt einem nur, verrückt zu werden. Aber richtig verrückt werden kann er auch nicht, dabei wäre das vielleicht leichter, als sich so zu quälen.«

Ich seufzte und hielt die Hände vors Gesicht. Warum konnte ich eigentlich nicht einfach abdrehen? Warum musste ich immer einen klaren Kopf behalten?

»Wie sieht es aus. Können wir mit Ihnen rechnen? Lassen Sie uns gemeinsam einen Ausweg für Sie und Bill suchen. Es muss ja kein gemeinsamer Ausweg sein – für jeden den passenden, das würde schon reichen.«

Eine Woche später zogen sie endlich ab. Bis dahin wechselten sich die Leute von RONDO ab und blieben rund um die Uhr bei Bill; nachts einer allein, tagsüber zu zweit und zu dritt. Sie führten unzählige Gespräche: mit mir, mit Boris, mit Bill und schließlich mit uns allen.

Kurz nachdem sie weg waren, packte Bill seine Sachen. So hatten wir es besprochen. Er fuhr für ein paar Tage zu seinen Eltern, die auf einem kleinen Bauernhof in den Karpaten lebten. Bill war dort schon mit 16 weggegangen und hatte sie eine Ewigkeit nicht mehr gesehen. Sie würden sich unendlich freuen. Danach wollte sich Bill eine eigene Wohnung suchen, vielleicht auch zunächst eine Weile bei Boris unterkriechen, obwohl das nicht gerade sein Standard war. Es stand ihm frei. Er würde ab und zu kommen, natürlich, wir würden sehen.

»Damit er nicht gehen konnte, musste er krank werden«, erklärte mir Carol, die in jener Woche oft an meinem Küchentisch saß. »Und als er endlich gehen konnte, durfte er nur bis zur Mitte, nicht nach links und nicht nach rechts. Nicht zu dir und nicht zu Boris.« So schlau war ich inzwischen auch, RONDO sei Dank.

24

Ich versuchte, mich abzulenken. Ich riss im Corbusier-Komplex meine zehn Stunden ab, verteilt auf zwei Tage, und schaltete in zwei weiteren Nächten zu Hause die Sensoren für den Bereitschaftsdienst ein. Ich ging frühstücken, besuchte eine Ausstellung im Stadtschloss und streifte durch das edle Quartier in der Friedrichstraße. Ein-, zweimal zwang ich mich vor meinen freien Tagen zu einem Abstecher in die wenigen Clubs, die früher mal zu meinem bevorzugten Revier gehört hatten. Ich stand eine Weile an der Tanzfläche mit den hüpfenden Jungs herum, wippte rhythmisch mit dem Fuß und versuchte abgehärtet aus der Wäsche zu gucken. Nach einem kleinen Streifzug durch den Keller, was war schon dabei, fühlte ich mich endlich richtig mies: »Na Alter, bisschen schwanger, wa?« Mein Bauch war tatsächlich noch größer geworden, und ich war so gekränkt, dass ich kurzfristig beschloss, mich umzubringen. Später nahm ich davon Abstand und nahm mir vor, endlich weniger zu essen und mich ganz ganz viel zu bewegen.

Manchmal ging ich jetzt zu Fuß vom Corbusier zum Klausener Platz, im kontrastreichen Licht der ersten Frühlingsnachmittage. Unweigerlich wurde ich wehmütig – hier war ich mit Bill oft gegangen. Quatsch, sentimentaler Blödsinn! Bill war wie alle Söhne nie gerne spazieren gegangen. Ich lief am Reiterstadion vorbei und passierte die Stadtvillen in der Olympischen Straße. Nur ein kurzes, lebhaftes Stück zwischen den bunt gekleideten Flaneuren über die Reichsstraße und ich war am Theo. Dort, am Theodor-Heuss-Platz, gab es das beste Eis. Ich stellte mich kurz so, dass ich die sorgfältig konstruierte Blickachse zur Siegessäule, ja weiter bis zum Brandenburger Tor prüfen konnte. Da war es, das heroische Unbehagen, die Faszination, die diese machthungrige Stadt in mir auslöste.

Am Kaiserdamm hielt ich mich möglichst links, um auf keinen Fall in die Nähe der gefährlichen Zone zu gelangen. Schiller, Goethe, Leibniz, Pestalozzi, das waren die Straßen, in denen Boris lebte und gelebt hatte – mit oder ohne Bill?

Abends ging ich wieder ins »Schwyz«, spielte mit den Hanteln herum oder sah mir einen Ringkampf an. Die Jungs aus dem Cyberstudio fragten nach Bill, und ihren schlüpfrigen Bemerkungen konnte ich entnehmen, dass der eine oder andere was mit ihm gehabt hatte. Sie dachten, ich sei sein Lover. Dass ich sein verlassener Vater war und seine verlassene Mutter dazu, das verriet ich nicht. Denen nicht.

An meinen freien Tagen besuchte ich endlich die Hospizleute im »Last Hope«. Ich ließ Frau Münnich vom Schwertfisch-Fahrdienst in den Corbusier-Komplex bringen und verbrachte mit ihr vier Stunden im Lavaraum. Lauwarmes, leicht angedicktes Wasser mit dem Wiesenkräuterduft ihrer Kindheit, dazu Volkslieder aus der schlesischen Heimat. Ihr kleiner Zwergenkörper schwebte in der Kuhle und sie lachte; sie hatte sich noch extra einen viel zu großen Badeanzug geliehen. Ihr weißer Haarflaum schimmerte wie eine Aureole um ihren Kopf. »So was Feines, das hätte mir doch auch schon früher gefallen«, sagte sie beim Abtrocknen und Anziehen und schüttelte immer wieder den Kopf.

Im Corbusier herrschte Routine. Unter den Stelzen spritzten neue Wachleute von einer kleinen Beschäftigungsinitiative jeden Morgen mit dem Wasserschlauch die schlafenden Penner und Junkies weg, bis sie sich allmählich eine andere Platte suchten.

Ich nahm mir Zeit für Mehmet, der noch immer nicht richtig gehen konnte. Jeden Tag kam ein Spezialteam aus dem Pflegecenter, um seine Wunden zu inspizieren. Durch das lange, unversorgte Liegen im Tiergarten hatte er sich eine Reihe von heimtückischen Infektionen zugezogen. Ich ließ mir von seiner Kindheit im Wedding und seinen schönen Urlauben in Marmaris, der Heimat seiner Großeltern, erzählen. Zwischendurch schwärmte er lüstern von seinen Ehefrauen – angeblich war er sogar mit Madonna verheiratet gewesen – oder schimpfte auf die Tabletten. Er brachte mir ein paar Worte Türkisch bei und ich ihm Schwäbisch, nur beim Rauchen konnte ich nicht mithalten. Er war wieder fast der Alte.

Weil Mehmet Angst hatte, wenn er alleine war, und meine paar Stunden dagegen wenig halfen, überredete ich Fiona, ab und zu bei ihm zu sitzen. Sie konnte hervorragend rauchen, sogar kleine Kringel in die Luft pusten, und als Zuhörerin war sie Weltklasse. Manchmal setzte sich Frau Swenskaja wortlos dazu und sie klopften Skat auf der Bettdecke.

»Eigentlich bin ich überflüssig«, sagte ich, als ich die Idylle einmal live in Augenschein nahm. Die drei lachten, und Fiona zog die Bettdecke glatt. Sie strahlte. Aber das soll ja das höchste Ziel guter Sozialarbeit sein, sich überflüssig zu machen, dachte ich dann weiter und versuchte, nicht beleidigt zu sein. Aber ich war es doch. Am Ende brauchte mich keiner mehr. Bill und Boris betreuten sich gegenseitig, alle anderen gründeten eine riesige Selbsthilfegruppe. Nur ich war außen vor.

Über die ganzen Turbulenzen um die Abfallvergifter und meine private Tragödie hatte ich Hanold, unseren forensischen Spezialpatienten, ganz und gar vergessen. Er hatte eigentlich regelmäßig Anspruch auf begleitete Spaziergänge, auf Einkäufe und auf kulturelle Aktivitäten. Ging ihm aber alles, so sagte er wörtlich, pardon, »am Arsch vorbei«. Gott sei Dank hatte Karl an ihn gedacht und ihn sogar über seine freien Tage mit nach Ribbeck rausgenommen. Elektronisch gefesselt und pharmazeutisch sediert war Hanold für Karl kein großes Sicherheitsrisiko. Es gab viel zu tun, da draußen auf dem Lande, und Karl, und damit auch Hanold, hatte unzensierten Zugriff auf alle Fernsehkanäle. Eine Hand wäscht bekanntlich die andere.

Die schweren Verstörungen unserer Betreuten hatten wie erhofft nachgelassen. Stattdessen machte sich eine merkwürdige Betrübung, um nicht zu sagen Apathie bei allen breit. Marylin schminkte sich nicht mehr und trug tagaus, tagein dasselbe T-Shirt mit dem Aufdruck: »Fuck Le Corbusier«. Immer häufiger ertappte ich sie bei den stündlichen Kamerachecks völlig breit, eine Flasche Weinbrand zwischen den Knien, den einen oder anderen Saufkumpanen neben, über oder unter sich.

Kevin hatte keinen Vorwand mehr, bei Cassius und Carol herumzuhocken, und starrte stattdessen auf seinen Studienberater im Uni-Net. Er paukte den Umgang mit dem Sextanten. Er hatte noch immer ein Prüfungsszenarium zu bewältigen, bei dem er in einem maritimen Schiffssimulationsprogramm die Rolle eines Navigators in der Magellan-Straße, rund um Kap Hoorn, bewältigen musste. Obwohl er eigentlich wusste, wie er sich am Sonnenstand, an Landmarken und an der Stellung der Himmelskörper zu orientieren hatte, fuhr er ein Schiff nach dem anderen auf ein Riff. Ich saß neben ihm auf dem schaukelnden Wasserbett und dachte im gleichen Moment, in dem er es aussprach: Wozu soll das alles gut sein!

Frau Swenskaja lag wieder viel im Bett oder wanderte verzweifelt um ihren Couchtisch herum. Sie hatte in ihrem kurzen manischen Höhenflug einen attraktiven Iraner, befristet geduldet, kennen gelernt. Er besuchte sie häufig und fragte Janina in unbeholfenem Englisch, was wir mit ihr gemacht hätten. »You destroyed her!« Frau Swenskaja freute sich, wenn er kam, und war erleichtert, wenn er wieder ging.

Ich hielt natürlich Ausschau nach Mrs Myer. Ich wusste nicht, ob ich mich freuen sollte, als bekannt wurde, dass sie für ein Jahr bei Schwertfisch arbeiten würde. Suzy und Felix hatten mit ihrem Antrag Erfolg gehabt, der Europäische Sozialfonds spendierte ihr ein volles Gehalt. Dass mit ihren Daten so einiges nicht in Ordnung war, hatte von den Bürokraten keiner gemerkt – falls es überhaupt eine Rolle gespielt hätte. Schließlich waren wir nicht eines dieser streng feministischen Projekte, bei denen nicht einmal Drifter die Frauentoilette benutzen dürfen. Ich sah sie regelmäßig in unseren Teamsitzungen und selten im C-C-Club. Wo sie sich in ihrer restlichen Arbeitszeit herumtrieb, war nicht zu klären. Angeblich machte sie immer Hausbesuche oder hatte wichtige Sitzungen.

Sie war inzwischen den Schizokokken beigetreten und schien dort bedeutsame Impulse zu geben. Zumindest imponierte uns, dass Atze plötzlich gestochenes Hochdeutsch mit einem klitzekleinen amerikanischen Akzent sprach und völlig neue Parolen trötete. Eine seiner zentralen Forderungen war neuerdings die nach einer Psycho-Quote in jedem politischen Gremium. »Nicht nur auf diesen kleinen Spielwiesen der psychosozialen Szene. Nein! Sind nicht mittlerweile ein Drittel aller Menschen im weitesten Sinne Psychos und logischerweise mindestens ein weiteres Drittel Angehörige von Psychos? Ein Beeinträchtigter, dazu zwei Eltern, ein Partner, vielleicht ein Kind. Rechnen Sie mal! Jeder dritte Sitz in der Bezirksverordnetenversammlung, im Abgeordnetenhaus und im Europaparlament muss von einem Psycho besetzt werden. Paranoiker in die Aufsichtsräte! Suchtkranke in die Pharmakonzerne! Demente in die Vorstandsetage der Europäischen Zentralbank! Selbstverletzer in die Menschenrechtskommission!«

Boris begleitete seine Parolen immer mal wieder damit, dass er die Handkante auf den Bizeps schlug und schrie: »Zerkloppt die chemischen Keulen! Raus mit den Depotspendern!«

Ich saß mit Janina ratlos vor dem Bildschirm, wenn es den Schizokokken wieder einmal gelungen war, bei einem Piratensender ein paar Minuten zu ergattern. Wir überlegten, ob wir nicht im Begriff waren, eine Art Trojanisches Pferd zu werden. Konnte es nicht sein, dass Atze, Boris und Mrs Myer eine Psychorevolution anzettelten, und das mit Just4you/Schwertfisch als Basis, finanziert von der europäischen Staatengemeinschaft? Wir atmeten auf, als Mrs Myer, wie es ihr Hospitationsplan vorsah, in das Kiez-Betreuungsteam rotierte.

Nach den Eisheiligen fing die Wölffin, wie in jedem Jahr, mit ihrer botanischen Aktion HELIOPSIS an. HELIOPSIS war einmal meine Idee gewesen. In einer gemeinsamen Aktion der Verschönerung und Begrünung sollte das Verantwortungsgefühl aller Bewohner für ihr Haus gestärkt werden. Auf diese Weise würde man drei Fliegen mit einer Klappe schlagen: Unsere Bewohner und wir Betreuer hätten endlich etwas Sinnvolles zu tun, es würden zwanglose Kontakte entstehen und unser öder Arbeitsplatz würde etwas ansehnlicher werden. Früher einmal hatte man so etwas Gemeinwesenarbeit genannt.

Inzwischen war HELIOPSIS vollständig von der pensionierten Frau Dr. Wolff gekapert worden, die ich ursprünglich nur um Beratung gebeten hatte. In jedem Frühjahr rückte sie mit Kompost aus eigener Produktion sowie Samentüten und Setzlingen aus dem Gartencenter an. Sie war fest überzeugt davon, dass es der Genesung dient, wenn man mit Wachstum, Vermehrung und Ernte beschäftigt ist. Obwohl hoch in den Siebzigern, war sie immer noch agil und fieberte ihren Lieblingsmonaten April und Mai mit manischer Erregung entgegen. Kaum war sie in unserem kleinen Gruppenraum angekommen, da übernahm sie auch schon energisch das Kommando. Sie duldete keinen Widerspruch. Sie inspizierte die Winterschäden in den Rabatten der Anlagen des Corbusier-Komplexes, ließ Äste absägen, Dünger verteilen und entwarf ein paradiesisches Szenarium für Sommer und Herbst.

Wie in jedem Jahr war ich auch dieses Mal verblüfft, wie viele Bewohner des Hauses sich für HELIOPSIS meldeten, und das sicher nicht nur, weil es für die Teilnahme den üblichen erhöhten Geldbetrag für eine tagesstrukturierende Maßnahme gab. Die Alten aus der Nancy-Reagan-Suite waren mit dem mühseligen Aufsammeln des Laubs beschäftigt, das den Winter unvermodert überstanden hatte, und bekamen mit dem Betreuungsschlüssel 1,5:1 jeweils einen der jüngeren Klienten an die Seite. Manche von ihnen setzten sich auf einen kühlen Laubhaufen und ließen versonnen die mürben Blätter durch die feinen Hände rieseln. Andere rasten schnurstracks Richtung Olympiastadion, prallten wie Bumerangs an unserem unsichtbaren sensorischen Zaun ab und kamen verdutzt zurück.

Die Wölffin schleppte immer neue Ladungen in ihrem Landrover an. Der sinnvolle Aktionismus tat mir gut. Endlich krümelte wieder Sand im Foyer; Fiona und Frau Swenskaja buddelten mit geröteten Gesichtern in einem Hügelbeet und hofften, die Wölffin würde nicht zu sehr mit ihnen schimpfen. Nur Kevin ließ sich nicht aus seiner Bude locken. »Würmer, Maden, Engerlinge, Raupen!« Er schüttelte sich angewidert und ließ einen weiteren Dampfer am Kap Hoorn zerschellen.

Die Wölffin kam zwischen ihren Appellen häufig zu einem Schwatz in unser Büro, besonders häufig an meinen beiden Präsenztagen. Sie merkte wohl, dass etwas nicht stimmte; über Cassius und Carol hatte sich natürlich der erste Klatsch breitgetreten. Wie es ihre Art war, sprach sie mich nicht auf Bill an. Schon immer war sie mehr für Aktion als für Analyse gewesen. Sie bat mich inständig, ihr doch beim Anlegen eines kleinen Gourmetbeets zu helfen: scharfe bayrische Rettiche, Kohlrabi, Pflücksalat. Sie wusste schon, wie ich zu kriegen war.

25

Anfang Mai krochen die Experten wieder aus ihren Landgütern hervor. Klüppel, Beiratsmitglied der bezirklichen Psychiatrie, war mit Rü auf den Kapverden fündig geworden. Ein Grundstück für die kleine Pension war bereits gekauft. »Du musst dann unbedingt mal kommen, Karsten, jetzt wo du alleine bist, erst recht.« Ich verkniff mir eine Antwort. In meinem Frühbeet hatte der Samen gekeimt, ich machte mich ans Pikieren.

Frau Dr. Boldt vom Sozialpsychiatrischen Dienst, wortkarg nach drei Wochen exzessiven Meditierens, übernahm wieder die Geschäfte. Ashra, unsere spirituelle Überfliegerin, hatte ihre drei Monate Präsenzzeit absolviert und lernte nun das Zubereiten von Fladenbrot auf heißen Feldsteinen in Kurdistan. Sie würde erst im nächsten Jahr wiederkommen. Der Koordinator überließ seine vier späten Kinder wieder seiner neuen Geliebten. Der Mann von der Gesundheitskasse hatte einen Unterarm einschließlich zugehöriger Hand verloren, er war vierzehn Tage in einem der neuen Risikoparks gewesen und beim Lianenschwingen über einem Gehege mit Tigern und Leoparden abgestürzt.

Neue Praktikantinnen standen mit offenherzigen Gesichtern im C-C-Club hinter dem Tresen und baten darum, unsere heiligen Konferenzen besuchen zu dürfen. Sie bekamen meistens eine Abfuhr. Die Psychosoziale Arbeitsgemeinschaft (PSAG), die nur noch vierteljährlich stattfand, tagte mehrere Stunden. Sie wurde aufwändig vorbereitet und übertragen; viele Kollegen, viele Psychos und selbstverständlich auch viele Gravensteiner hockten vor ihren Brainmastern und verfolgten gespannt, womit wir diesmal unsere wertvolle Gremienzeit totschlagen würden. Natürlich war auch in der PSAG inzwischen Mrs Myer als

Psycho-Vertreterin nominiert, ihr Aufstieg war unaufhaltsam. Carol Regnier vertrat die Angehörigen; wir lachten uns noch immer freundlich zu, aber der Kampfgeist der Abfallvergiftungszeiten war erloschen.

Während wir noch mit den üblichen Präliminarien – Begrüßen, Zunicken, mit dem Nachbarn flüstern – beschäftigt waren, wurde es an der Rückwand, hinter den beiden Sprechern der PSAG, hell. Synthetische Musik brandete auf, alle stießen sich an. Nanu, eine Überraschung? Ein Schriftzug erschien: »Bitte wählen Sie zwischen den folgenden drei Möglichkeiten!« Auf der leuchtenden Fläche waren einige schwarzweiße Silhouetten zu erkennen – schlurfende vorsintflutliche Gestalten in einem Anstaltsflur; ich kannte die Aufnahmen, ich erkannte sogar die Nervenklinik. Dann wurde es bunt: zwei junge Obdachlose, Psychos vermutlich, kampierten in einer City-Mall und schnorrten die Passanten an. Die Qualität wurde besser, die Musik noch lauter. Die Kamera zoomte auf eine Fläche, die erst allmählich als menschlicher Arm zu erkennen war. In der Haut klaffte ein kleiner, vielleicht drei Zentimeter langer Spalt. Die Hand eines Chirurgen platzierte geschickt einen winzigen Glyxina-Spender mit der Pinzette und schloss dann die Wunde unter dem sanften Druck von Daumen und Zeigefinger mit Gewebekitt. Ende der Einstellung, abrupte Stille, dann flammte eine Schrift auf: »Schluss mit der Unterdrückung! Zerkloppt die chemischen Keulen! Raus mit den Depotspendern! Ein Drittel der Macht für die Psychos!»

So plötzlich der Spuk begonnen hatte, so rasch war er vorbei. Mrs Myer hob die Handkante, Carol applaudierte, alle anderen lachten oder schüttelten den Kopf. Ich suchte den Raum ab. Das war die Handschrift von Atze und der Spruch von Boris. Aber die Technik – wer war in der Lage, eine derartige Performance zu installieren? Mir fiel nur Bill ein. Natürlich, Bill und

Boris, Pech und Schwefel, beides brannte wie Hölle. Ich schüttelte den Gedanken ab und konzentrierte mich auf die Veranstaltung.

Zwei Stunden lang ging es um das Thema Alkohol, das eigentlich im Drogenreferat angesiedelt war. Aber der zahllosen Überschneidungen wegen – Doppeldiagnosen nahmen weiterhin zu – mussten auch wir uns damit beschäftigen. Alkoholkranke mussten seit der neunzehnten Gesundheitsreform verbindlich einen Rezeptorenhemmer namens AlgoQuin schlucken, wollten sie nicht von den Leistungen der Gesundheitskasse ausgeschlossen werden. Im Klartext: Nur die Reichen durften saufen und sich berauschen, weil sie ihre Folgeschäden privat behandeln lassen konnten. Die Armen durften zwar auch saufen, mussten aber mit den Folgeschäden leben. Ihnen wurde angeboten, AlgoQuin zu schlucken, und mit AlgoQuin machte der Suff garantiert keinen Spaß mehr.

Dieses Verfahren hatte dazu geführt, dass eine immer größere Gruppe von alkoholkranken Psychotikern nicht mehr versichert war. Sie schluckten einfach nicht. Sollte man ihnen AlgoQuin zwangsweise verabreichen? Wie könnte man die Compliance erhöhen? War das heutige Leben überhaupt noch ohne Rausch zu ertragen? Und was war mit den Abhängigen, die ständig neue Drogen ausprobierten? Die virtuellen Kanäle waren voll mit Rezepten für neue Mixturen.

Es geschah häufig, dass unsere Gremien in ein wildes Philosophieren rutschten, kein Wunder, wo es doch um die ganz großen Menschheitsthemen ging: Fürsorge, Autonomie, Anpassung, Freiheit, Verantwortung, Kontrolle, Glück ... Hatte nicht jede Kultur sich irgendwie betäubt? Wem stand es zu, Menschen den Suff zu verbieten, wenn man ihnen keinen anderen Stoff zum Träumen gab? Die irre Performance der Schizokokken hatte uns zusätzlich aufgewühlt und angeheizt.

Es entwickelten sich boshafte und zynische Debatten zwischen dem einarmigen Vertreter der Gesundheitskasse und dem Verwalter unseres Bezirksbudgets über die Frage, wer wann für welche Kosten zuständig ist und wo derart brisante Entscheidungen gefällt werde dürfen.

Irgendeiner meinte, ob es nicht ein Irrsinn sei, dass das früher völlig verbotene Heroin nun unter staatlicher Aufsicht vergeben werde, während man den allseits tolerierten Alkohol quasi verbiete, wenn man die Alkis zur Einnahme von Rezeptorenhemmern zwinge. Demnächst werde man AlgoQuin noch als Depot implantieren lassen – in memoriam Glyxina, man kenne das ja.

Wir hielten den Atem an. Schon lange lag in der Luft, dass man die Neuroleptikagabe ähnlich streng reglementieren würde wie die AlgoQuin-Behandlung. Boris mit seinem implantierten Spender war ein aufwändig durchgeklagter Präzedenzfall. Wie würde es weitergehen, wenn statt AlgoQuin auch Glyxina zwangsweise verabreicht würde? Was, wenn gar die einmalige Vergabe eines gentechnisch maßgeschneiderten Cocktails genügen würde, um Alkoholgenuss mit Übelkeit zu bestrafen oder den Ausbruch einer Psychose zu verhindern?

Es ging hier nicht nur um das Recht auf Unvollkommenheit, es ging natürlich ums Geld. Wenn die Gesundheitskasse nicht mehr zahlte, musste das bezirkliche Sozialbudget dran glauben. Aber auch hier war von Kürzung der Hilfe zum Lebensunterhalt, der Grundrente, sogar von Streichung die Rede. Würde es eines Tages heißen: Unterstützt wird nur, wer nachweislich sein AlgoQuin oder sein Glyxina schluckt, alle anderen müssen betteln, klauen, sich irgendwie durchschlagen?

Ich hatte eine Vision: Tausende, Millionen von hungernden und wohnungslosen Geschöpfen irren durch unsere Städte. Bilden Banden, rotten sich zusammen. Plündern die Geschäfte.

Liegen in den Einfahrten, auf den Bürgersteigen. Okkupieren die Parks der Stadt. In der Folge wird jedes Haus sensorisch abgeschirmt, keiner geht mehr zu Fuß. Man arbeitet nur noch in den eigenen vier Wänden oder überhaupt nicht mehr, die Nahrung kommt durch eine neuartige Nabelschnur. Man könnte sich eigentlich schon vorab in einen Wohnsarg legen. Ich schüttelte die düsteren Gedanken von mir, schnappte das Wort »Hilfeetat« auf und versank in die nächste Vision: Zur Feier der Volljährigkeit wird dir ein Glücksetat zugeteilt, den du entweder häppchenweise oder mit einem gierigen vollen Zug verbrauchen kannst ... Dringend wünschte ich mir geistigen Beistand. Wo waren eigentlich die Vertreter der Weltreligionen, die Sinnstifter und Gurus? Hatte sie keiner eingeladen?

Allmählich kam ich wieder zu mir. Keiner außer mir schien abzudriften. Zahlen flogen durch die Luft. Was kostet ein chronisch Suchtkranker, was die Behandlung einer akuten Psychose? Früher hatten sie immer noch mit dem Ausfall der Arbeitskraft argumentiert, doch das war längst obsolet geworden. Welches Privileg, eine Sinn stiftende, wenn nicht gar tatsächlich sinnvolle Tätigkeit verrichten zu dürfen! Den Rest überließ man gerne der globalen Beschäftigungstherapie.

Nach den obligatorischen Tagesordnungspunkten »Verschiedenes«, »Aktuelles« und »Planung der nächsten PSAG« steckten die Teilnehmer ihre Brainmaster weg. Der wichtigste Teil begann: Wer ging mit wem wo etwas trinken? Oder gar essen? Dies waren die entscheidenden, nichtregistrierten Gespräche. Menschen sprachen miteinander in Echtzeit, blickten sich ohne Display dazwischen in die Linsen, rochen den teuren Gewebekitt von der letzten Transplantation, verständigten sich in Nuancen, so flirrend fein, wie die grobschlächtigen Sensoren sie nicht zu übertragen vermochten.

Besonders wichtige Verabredungen waren schon vorab oder

mit winzigen Gesten während der Sitzung getroffen worden. Die Finanzabteilung, die Gesundheitskasse und das Bezirksbudget machten sich als Erste gemeinsam vom Hof, da stand der Rest noch und wogte vorsichtig hin und her. Einige warteten eher darauf, angesprochen zu werden, als wären sie Strichjungen am Lehrter Bahnhof. Andere planten und dirigierten nach Kalkül, brachten es sogar fertig, unerwünschte Begleiter wieder abzuwimmeln. »Seien Sie uns nicht böse, Mrs Myer, aber wir haben noch einige wichtige interne Punkte zu klären.«

Ich spielte dieses Spiel schon zu lange. Ich war froh, nicht zum Inner Circle zu gehören. Wo so viel Macht war, da waren schlaflose Nächte nicht weit. Ich ging meines Wegs, und wenn mich einer zum Umtrunk laden wollte, war es mir recht. Klüppel, noch weiter geschrumpft in der kapverdischen Sonne, sprach mich an. Ein kurzer Satz genügte, wir kannten ja beide den Code. »Nachher beim Kirgisen? Ist es dir recht, wenn ich die Boldt anspreche?« Ich nickte kurz.

Klüppel, der alte Stratege, kam wenig später mit der meditationsgestählten Boldt und Carol und einem Pfarrervater von den Gravensteinern, als hätte er mein spirituelles Defizit gerochen.

Es wurde eine lange Nacht, wir saßen bis um drei. Klüppel diagnostizierte eine Sinnkrise, zunächst bei mir, dann bei sich selbst, und schließlich mussten wir uns gegenseitig als Kriseninterventionsteam aus der kritischen Einengung holen. Passend zum Thema verordneten wir uns alle einen Rezeptorenenthemmer und waren gegen Mitternacht alle hellblau, später fast violett.

Vom Sinn des Lebens, manchmal eher Vegetierens unserer Schützlinge landeten wir rasch bei unserem eigenen, endlichen Dasein. Frau Dr. Boldt erzählte von ihren langen Klausuren, von Phasen großen Zweifels und starker Euphorie. Sie faste, entziehe den Schlaf, halluziniere sogar manchmal. Der Pfarrer schüttelte entsetzt den Kopf. »Sie produzieren doch nur künstlich, was wir unseren psychotischen Söhnen und Töchtern medikamentös wieder auszutreiben versuchen. Ich halte das weniger für eine religiöse Betätigung als für geistige Onanie!«

Wir lachten alle. Selbst wenn er nicht Recht hatte, witzig und mutig war er. Carol gelang es, uns mit ihrem großzügigen ethnologischen Hintergrund zu besänftigen. »Die Suche nach dem Sinn gibt es bei allen Völkern, in allen Kulturen. Wir müssen jetzt den Preis bezahlen für unsere Freiheit. Wir haben keine Theorie mehr zum Woher, Wohin und Wozu überhaupt. Jetzt, wo wir alle Mythen abgelegt haben, merken wir mit Erschrecken, dass wir nackt sind. Ich frage mich, je länger ich hier in diese Schwertfischmaterie hineinrieche, ob es uns überhaupt zusteht, die letzten dünnen Fetzen – hier ein Stimmenhören, dort eine Verfolgungsidee – wegzureißen. Vielleicht ist es überhaupt bezeichnend, dass die Psychosen langsam verschwinden und dafür diffuse Ängste, Selbstauflösungsfantasien und Panikattacken an ihre Stelle treten. Was machen die Mädchen denn anderes bei ihren Fress- und Schlitzattacken, als das Einzige zu prüfen, was sie noch begrenzt und zusammenhält: ihren eigenen Organismus ...«

Klüppel schaltete sich ein. »Das driftet mir jetzt doch langsam alles zu weit ab. Ist es nicht viel simpler? Wir sind doch alle noch für das Leben konzipiert – meinetwegen vom großen Brainmaster – , das unsere Eltern und Großeltern führen mussten. Und unsere Vorfahren wollten überleben. Dazu war ihr ganzes Gezappel notwendig. So schnell reitet die Evolution nun auch nicht. Ich halte es in dieser Frage mit einem gescheiten Menschen, der schon vor 30 Jahren sagte: Jeder Mensch will notwendig sein. So ist es nun mal. Rü und ich könnten es uns längst mit unserer Grundrente und redlich erworbenen Alterspension gemütlich machen. Stattdessen fahren wir zu den Kapverden und legen Stein auf Stein, das Häuschen wird bald fertig sein. Auch ich will noch immer notwendig sein, und wo keine Not ist, da muss eben eine gefunden werden.«

26

Mit neuem Schwung begab ich mich in den nächsten Tagen in meine unbezahlte landwirtschaftliche Tätigkeit. Unser nächtliches Seminar hatte mir auf unerklärliche Weise gut getan. Es gelang mir, beinahe gütig auf Bill und Boris, meine beiden geistigen Sprösslinge, zu blicken und ihnen ein ersprießliches Leben zu gönnen. Ich berieselte meine Sämlinge, zupfte rigoros das kleinste Unkrauthälmlein heraus und machte mich auf die Suche nach weiteren Opfern meiner Umtriebigkeit. Frau Münnich verfrachtete ich nunmehr einmal pro Woche in den Lavaraum, und es stellte sich heraus, dass das Plantschen und Kleckern mit Eierpampe zu zweit oder zu dritt noch mehr Spaß machte. Ich stellte einen kleinen Samaritertrupp zusammen, und Frau Münnich kam im Konvoi mit ihren jeweiligen Wunschpartnern zu gesteigertem Genuss.

Was wohl der Stararchitekt Le Corbusier zu unserem opulenten Blumenschmuck gesagt hätte, den ich für seine weltberühmte, abgewrackte Fassade gemeinsam mit der Wölffin konzipiert hatte? Immerhin orientierten wir uns an der vorgegebenen Farbpalette – rot, türkis, schwarz – und verzichteten auf allzu konträre Farben, sogar auf das mir besonders am Herzen liegende Jelängerjelieber und das Männertreu. Wo noch keine Blumenkästen vorhanden waren, wurde aus Mitteln des Programms »Unsere Hauptstadt soll schöner werden« passende Töpfe erworben. Im Foyer wurden der weiterhin drohenden

Nachtfröste wegen Geranien und Petunien gezogen. Den Wachleuten schärften wir ein, darauf zu achten, dass weder überzähliges Heroin noch illegale Zigaretten in unseren Saatgutschalen landeten. Merkwürdigerweise – oder vielleicht auch total logisch nach unserem Detektiveinsatz – hatten die Herren einen gewaltigen Respekt vor uns. Vor allem wenn Atze und Mrs Myer auftauchten, um ihre Fans im C-C-Club zu begrüßen, standen die kräftigen Jungs beinahe stramm.

Doch meine gelöste, fast heitere Stimmung hielt nicht lange an. Die Performance zu Beginn der PSAG hatte mich doch erheblich erschüttert. Was war eigentlich im Gange? Wer konspirierte mit wem? Natürlich interessierte mich vor allem, ob Bill irgendwo seine Wunderfinger im Spiel hatte. Auch Carols Rolle und die von Cassius und Kevin blieben mir schleierhaft. Hatte mich meine private Tragödie paranoid gemacht oder zog sich tatsächlich alles um mich zusammen? Was war eigentlich mit den Profis: Ashra, Josef, Rachel, Janina – was wusste ich wirklich von ihnen? In besonders verbitterten Stunden war mir, als werde es verdächtig still, wenn ich zu einer kollegialen Runde trat. Genau betrachtet reichte mein häusliches Desaster aus, um hinter meinem Rücken hämisch die Messer zu wetzen. Aber war nicht vielleicht der eine oder andere Schwertfisch aus seinem Bassin geschwommen und tummelte sich mit Barschen, Delphinen oder Barrakudas? Und unter uns Sportsfreunden: Was sprach eigentlich dagegen? Schließlich hatten wir noch vor kurzem miteinander, nicht gegeneinander, gekämpft.

Kurzzeitig spielte ich sogar selbst mit dem Gedanken, den Schizokokken beizutreten, heimlich natürlich, um so quasi das System zu unterwandern und mir gleichzeitig die Gunst meiner beiden dunklen Prinzen zurückzuerobern. Was lag also näher, als mich an die Höhle der Löwen heranzupirschen? Während meiner gärtnerischen Tätigkeit gelang es mir, unauffällig, aber gewissenhaft den Zugang zum Corbusier-Komplex zu kontrollieren. Ich folgte Atze und Mrs Myer einige Male, tat so, als suchte ich einen Schützling, und setzte mich im C-C-Club abseits mit einem kleinen Imbiss. Zu Hause schmeckte es mir zu der Zeit nicht mehr. Die Schizokokken hatten seit dem Abfalltriumph einen Stammtisch eingerichtet, an dem sich jeden Abend nicht nur Psychos, sondern auch Angehörige und das übliche junge Gemüse, Studenten und Praktikanten, niederließen. Aus akustischen Gründen verstand ich nicht viel, doch ich staunte nicht schlecht, wenn sich fast andächtig die Jünger um Atze, Mrs Myer und einmal sogar um Boris scharten. Man stellte ihnen Fragen, meldete sich sogar sittsam zu Wort, Mikros und billige Brainmaster wurden positioniert, um ja kein Wort der Gurus zu verpassen. Ab und zu gingen die Hände hoch, knallten auf den Bizeps, und bis zu mir herüber schallte das allzu vertraute Wumm. Bum, bum, bum.

Ein einziges Mal war ich so bescheuert, mich dem Schizokokkentisch zu nähern. Als hätte man einen altmodischen Lichtschalter betätigt, verstummte die Gemeinde. »Herr Schäfer, suchen Sie jemanden? Können wir etwas für Sie tun? Sonst würden wir gerne ungestört weitermachen.« Ich murmelte was von Marylin, warf einen kurzen Blick auf Pillenschachteln und anderes Demonstrationsmaterial und flüchtete, so rasch ich konnte. Ich beschloss beschämt, mir das Fraternisieren aus dem Kopf zu schlagen und in meiner eigenen Schwimmbahn zu bleiben. Ich berieselte gemeinsam mit Fiona und Frau Swenskaja unsere Plantage, überredete Marylin mit körperlicher Gewalt zu einem Weinbrandentzug und glotzte zur Belohnung mit ihr mehrmals »Frühstück bei Tiffany« und »Manche mögen's heiß«. Ich brachte Mehmet türkischen Honig und amerikanische Tabakwaren und sah Kevin dabei zu, wie er zur Entspannung eine Müggelsee-Rundfahrt simulierte.

Besonders viel Mühe gab ich mir mit unserem Forensiker Hanold, der mit seiner zynischen Gereiztheit das ganze Team zu zerschleißen drohte. Ich ging mit ihm spazieren, kaufte mit ihm Klamotten und schleifte ihn zu Sinn stiftender Tätigkeit in unser bezirkliches Recyclingprojekt. Unsere Gespräche blieben angespannt. Hanold überschüttete mich mit Spott und Hohn, während wir Elektronikschrott auseinander pfriemelten, und ich war froh, wenn ich ihn wieder in seinem Appartement wegschließen konnte. Nein, ein reines Zuckerschlecken war diese Arbeit nicht, aber das war ja nicht ihr Sinn. Ich wollte mich ablenken, ich wollte Bill vergessen, ich wollte notwendig sein.

27

So kam, wie sollte es auch anders kommen, nach dem Mai der Juni. Rückflug der Experten, Aktivierung aller Funktionäre, die erste Woche des Monats wie gehabt: Etatkonferenz, Ethikkommission, Vorstandssitzung.

Die Sitzung der Ethikkommission fand in einem Hörsaal der Uni statt. Interne Sitzungen waren vorausgegangen, dies war die öffentliche Abschlusskonferenz; Studierende und anderweitig Interessierte waren zugelassen, wenn sie eine mehrseitige Schweigepflichtserklärung abgaben. Als ich mich umdrehte, erkannte ich in der letzten Reihe zwischen Carol und Atze den vertrauten Kopf von Bill, ich konnte es kaum fassen. Seit wann interessierte er sich für meine Arbeit? Er schien mich mit kurz erhobener Hand zu grüßen – ach nein, es war Boris, dem er Glück wünschte. Ich drehte mich mit pochendem Herzen wieder um.

Ich saß mit Boris in der zweiten Reihe. Unser Psychiatriekoordinator, Dr. Kuhfink, kleidungsmäßig perfekt geschniegelt und technisch gespornt, saß weit links außen. Die Boldt, mit ihrem altmodischen Amtshandy jederzeit abrufbereit, flüsterte mit mir zur Rechten. Boris war heute eher noch schwarzweißer als sonst, versuchte aber offensichtlich so wenig verrückt auszusehen wie nur möglich. Auf seinen Strick hatte er nicht verzichtet, er hatte ihn aber dezent mit einem schwarzen Noralenlappen kaschiert.

Wir hörten uns eine ellenlange Tagesordnung an, die Inhalte teilweise so komplex und abgefahren, dass wir kein Wort verstanden. Medikamente der neuesten Gengeneration sollten beforscht werden oder wurden es bereits. Wie stand es mit der Einsichtsfähigkeit der Beforschten, mit ihrer Zustimmung? Gleich fünfzehn Anträge auf aktive Sterbehilfe waren zu bearbeiten und wurden bis auf eine Ausnahme bewilligt.

Die Ausnahme war eine blutjunge Frau, die ihren Geliebten soeben an einen der neuen Megaviren verloren hatte. Nun wolle sie, erklärte sie dramatisch und mit Tränen in den Augen, nicht weiterleben. Sie schluchzte auf, und eilig benutzte man rings um mich her Papiertücher; Boris schnäuzte in seinen Ärmel, die Boldt versank kurzzeitig in Trance. Als ihr Antrag abgelehnt wurde, brüllte die junge Liebende: »Dann mach ich es eben alleine. Leckt mich doch alle am Arsch, ihr frigiden Säcke!« Frau Dr. Boldt schreckte hoch und überlegte wohl kurzzeitig, ob es sich hier um eine akute Suizidalität handelte, die ihr Eingreifen erforderlich machte. Sie beschloss dann aber, dass keine maßgebliche Unzurechnungsfähigkeit vorlag, und lehnte sich wieder mit geschlossenen Augen zurück.

Auch der nächste Antrag wurde ohne großes Palaver abgelehnt. Ein 51-Jähriger hatte bei der Gesundheitskasse eine Nierentransplantation beantragt, diese hatte die Kostenübernahme verweigert. Begründung: Er habe seine kaputte Niere durch seine Medikamentensucht selbst verursacht und sei im Übrigen zu alt. Es wurden vergleichbare Fälle vorgetragen, und ich hörte erstaunt, dass Herztransplantationen nur noch bis zum 40. Lebensjahr übernommen wurden. Einzige Ausnahme: für Regierung oder Wirtschaft unentbehrliche Akademiker. Ich erschrak. Über 40 war ich schon, unentbehrlich war ich höchstens für ein paar Schützlinge und Akademiker war ich als Absolvent einer Fachhochschule schon gar nicht. Also besser doch abnehmen und gesünder leben, Karsten Schäfer. Aber für wen?

Als Boris' Antrag an der Reihe war, erteilte ihm der Vorsitzende der Kommission zunächst das Wort. Ich nickte ihm zu und er stand auf. Er räusperte sich und fing dann schleppend und leise zu reden an. Der Vorsitzende unterbrach ihn. »Könnten Sie bitte lauter reden oder zu uns nach vorne kommen?« Boris war irritiert und blickte Hilfe suchend – nicht zu mir; er drehte sich um und suchte Beistand in der letzten Reihe, bei Carol, Atze und Bill.

Kuhfink nestelte diensteifrig ein winziges Mikro aus dem Gehäuse seines exklusiven Brainmasters und hielt es in die Höhe. »Entschuldigung, aber könnte vielleicht ein bisschen Technik das Problem lösen?«

Boris nahm das winzige Ding, das wie ein Zahnstocher aussah, vorsichtig zwischen zwei Finger und hielt es sich vor den Mund. Er fing noch einmal von vorne an, jetzt war er klar und deutlich zu verstehen. »Ich stelle den Antrag, ja, also dass dieses Ding entfernt wird. Ich kann es nicht mehr ertragen. Früher war ich wenigstens ein paar Monate lebendig. Wenigstens die Hälfte, also das halbe Jahr. Aber seit ich dieses Ding in meinem Arm habe, bin ich immer tot. Bitte. Ich bitte Sie. Es ist doch mein gutes Recht.«

Boris setzte sich und man hörte, weil er das Mikro immer noch zwischen Daumen und Zeigefinger vor dem Mund hielt, seine aufgeregten Atemzüge. Ich nahm es ihm vorsichtig weg.

Einige Sekunden blieb es still, dann rief Atze mit seinem unverkennbaren Berliner Akzent: »Im Namen der Schizokokken fordere ick: Weg mit der Zwangsmedikation! Selbstbestimmung ooch für uns!«

Andere Stimmen kamen dazu, ich drehte mich um. Die ganze letzte Reihe, nicht nur Bill, Carol und Mrs Myer, hatte sich erhoben, alle schlugen sich mit der rechten Handkante auf den linken Oberarm, bum, bum, bum.

Der Vorsitzende betätigte ein elektronisches Signal und rief: »Ruhe. Entweder Sie hören sofort auf zu stören oder ich lasse Sie räumen!«

Nun wurde Frau Dr. Boldt als Sachverständige aufgerufen, sie hatte natürlich schon in der Vorbereitungsphase ihre Gutachten durchgegeben. In aller Kürze wurden noch einmal die wichtigsten Daten heruntergebetet: Brandstiftung, immer wieder Sachbeschädigung, Körperverletzung, Bedrohung und Nötigung von Passanten, all dies in akut psychotischem Zustand, außerdem drei sehr ernsthafte Selbstmordversuche. So komprimiert hörte es sich an, als habe Boris ein Viertel seines Lebens als durchgeknallter Derwisch und die drei restlichen Viertel als höchst kostenintensiver Luxuspatient verbracht. Er gefährde eindeutig immer wieder die öffentliche Sicherheit und Ordnung, bedeutende Rechtsgüter und immer wieder das eigene Leben und das anderer. Das Implantieren eines Glyxina-Spenders habe ganz ohne Zweifel einen abrupten Knick senkrecht nach unten in der Kurve seiner Behandlungstage zur Folge gehabt. Sicher stehe ihm der Weg einer Klage vor dem Kammergericht offen. Aus ethischer Sicht, also bei Abwägung der Einschränkung seiner Rechte gegen das gesellschaftliche Risiko, und nichts anderes tue man ja hier, sei sein Antrag abzulehnen.

»Und Ihre Einschätzung, Herr Schäfer? Herr Salowski hat Sie als ›Person seines Vertrauens‹ angegeben. Was ist Ihre Meinung?«

Da stand Boris plötzlich auf. Ich zog ihn zu mir herunter und flüsterte ihm zu: »Ich bin dran.« Doch er richtete sich wieder auf und sagte laut, ohne das kleine Mikro: »Karsten Schäfer ist nicht mehr die Person meines Vertrauens. Entschuldigung. Ich möchte nicht, dass er etwas sagt. Ich habe zurzeit keine Person meines Vertrauens.«

So weit war es jetzt also gekommen. Der Vorsitzende fragte noch einmal nach. Er sah mich an, ich senkte den Kopf. Boris blieb bei seiner Entscheidung, ich hielt schockiert den Mund und winkte ab.

Ich hatte mir so sorgfältig mein Statement zurechtgelegt, mit mir gekämpft, mich um Ehrlichkeit bemüht. Boris ging es mit Glyxina besser, daran gab es keinen Zweifel. Wie oft war er früher in der Klinik gewesen und in den letzten zwei Jahren nicht einen Tag! Nur mit Glyxina hatte er so viele Freunde gefunden, nur mit Glyxina konnte er den Kampf gegen die Abfallvergifter organisieren. Aber ich hätte für ihn gesprochen, natürlich, nur um ihn nicht zu verraten, aus keinem anderen Grund. Gezwungen, mich zwischen Klient und Freund zu entscheiden, hätte ich den Freund gewählt – und den Rivalen. Obwohl: In einer kleinen Nebengasse meines Gehirns ertappte ich mich bei einem boshaften, schadenfrohen Gedanken. Sollte Bill doch sehen, was passiert, wenn Boris durchknallt, wenn die Dämonen wieder durch die Wände zischen ... Nein, das war zu gemein.

Nach einer kurzen Pause, in der sich die Kommission beraten hatte, wurde die Entscheidung vorgelesen. »Die Kommission hat sich die Entscheidung nicht einfach gemacht. Es wurden im Vorfeld einige Gutachten eingeholt und von den Mitgliedern einbezogen. Wir sind uns der Bedeutung dieser Entscheidung bewusst, es handelt sich um einen Präzedenzfall. Wir machen ausdrücklich darauf aufmerksam, dass die Klage vor dem Kammergericht als weiterer Rechtsweg bleibt. Nunmehr unsere

Entscheidung: Der Antrag von Herrn Boris Salowski auf Entfernung eines implantierten Depotneuroleptika-Spenders ist hiermit nach sorgfältiger Abwägung abgelehnt. Die schriftliche Begründung folgt.«

Boris stand auf und streifte das schwarze Noralentuch von seinem Strick, hob diesen am Knoten hoch und flüsterte: «Nun hast du erreicht, was du wolltest.« Dann verließ er den Saal. Ich blieb, um nicht noch mehr Aufsehen zu erregen, unauffällig sitzen, bis der nächste Tagesordnungspunkt aufgerufen wurde.

Vor der Tür standen die kämpferischen Schizokokken, unter ihnen Boris und Bill, und blickten in meine Richtung. Ich trat zu der bestürzten Frau Dr. Boldt und fragte sie nach ihrer Meinung. Ob eine Kurzschlusshandlung von Boris zu befürchten sei?

Sie legte den Kopf zur Seite, fixierte mich kritisch und schüttelte dann den Kopf. »Nein, er schien mir ziemlich gefasst, fast so, als habe er das Ergebnis erwartet. Für suizidal halte ich ihn nicht. Aber Sie, Herr Schäfer, scheinen mir da in einen schönen Schlamassel geraten zu sein. Na ja, geht mich ja nichts an. Sie haben sicher jemanden, mit dem Sie dieses Problem besprechen können.«

Der psychosoziale Flurfunk hatte gut funktioniert, der kleine Skandal war schon am nächsten Morgen breitgetreten. Im Corbusier stieß ich wie erwartet auf Mitgefühl, aber auch auf kollegiale Kritik. Man habe ja schon lange mit Sorge registriert, wie ich mir die Klienten zu nahe kommen lasse. Privates und Berufliches vermische sich wohl derzeit gewaltig. Ob ich nicht etwas Abstand benötige? Vielleicht ein Urlaub, eine kleine Reise zu den Eltern oder ein Trip nach Lissabon oder Seoul? Janina und Karl empfahlen ein Wochenende auf ihrem Landgut respektive ihrer Datsche, Rü und Klüppel benötigten angeblich einen

Bauhelfer auf den Kapverden. Da ich noch nicht einmal einen Zweikomponentenkleber fachgerecht verschmieren konnte, witterte ich auch bei diesem Angebot fünfzig Prozent Mitleid und fünfzig Prozent kostenlose Supervision. Alles zusammen roch vor allem nach den neugierigen Schnüffelkiemen gelangweilter Schwertfische.

28

Bill war inzwischen bei Boris, angeblich nur vorübergehend, eingezogen. Ich bat Cassius und Kevin, seine Biodaten abzuchecken, aber es gelang ihnen angeblich nicht. So clever seien sie nun auch nicht.

Bill kündigte an, seinen restlichen Kram abzuholen. Ob es mir recht sei? Ich vertröstete ihn und verbrachte zwei Abende damit, mir alte Videos von Bill und von uns beiden anzusehen. Ich kramte in seinen Sachen herum und schämte mich. In einem alten Brainmaster, den er nicht vollständig gelöscht hatte, fand ich Aufzeichnungen aus dem »Schwyz«, die ich noch nie gesehen hatte, mit verknäulten Leibern, er dunkel glänzend mittendrin. Und altes verwackeltes Zeug aus den Karpaten: seine Mutter, sein Vater, sein Fahrrad. Ich biss mir in die Hand. Als er endlich kam, verließ ich unter einem Vorwand die Wohnung. Er komme ja sicher häufiger und er sei auch stets willkommen, aber jetzt müsse ich schnell weg.

Carol nahm mich, weil sie wohl am ehesten ahnte, was mit mir los war, in eine Sitzung ihrer Angehörigengruppe zum Thema »Ablösung« mit. »Es wird dir Spaß machen. Wir haben jetzt einen Trainer, der arbeitet multikausal mit uns, also schlichtweg mit einem Mix aus allem, was es überhaupt so an Theorien und Methoden gibt.«

Ich amüsierte mich tatsächlich köstlich. Ich fühlte mich an meine Studentenzeit und an die wilden Methodendebatten zwischen den Anhängern der verschiedenen Psychosekten erinnert. Timothy, der Trainer, ließ Träume erzählen und nachspielen. Manche Mütter visualisierten den Zorn auf den Sohn und rasten wie Knallfrösche durch den Gruppenraum. Dann stellte Timothy Familien psychodramatisch auf und wählte mich – endlich – aus, um eine stillende Mutter zu spielen. Es wurde parallel geatmet und geankert und frühkindlich gedeutet, dass sich mir alle Haare sträubten. Es war wunderbar.

Hinterher ging die ganze Meute noch in eine Bar, in der es hochkalorische, absolut unvernünftige Esswaren gab: panierte Schnitzel, Bratkartoffeln, Tafelspitz!

Wir waren alle ziemlich in Fahrt; auch Brian, der einzige Mann außer mir, war ziemlich aufgelockert. Jetzt wollten alle natürlich genauer wissen, auf welchem Wege ich meinen Angehörigen, meinen Geliebten, Ehemann und Sohn losgeworden war. Ich reagierte konsterniert. Die Mütter (und Brian) lachten. Sie kannten keine Scham und redeten ganz offen darüber, dass es doch eines der größten pädagogischen Kunststücke sei, den flügge werdenden Nachwuchs, ob normal oder beeinträchtigt, einigermaßen mit Anstand loszuwerden. Die Nestflucht sei leider völlig aus der Mode gekommen, der Nestbiss müsse wieder erlernt werden.

Mit ihrem Gequatsche schafften sie es, dass die Welt plötzlich auf dem Kopf stand. Ich schämte mich nicht mehr, sondern platzte vor Stolz – mindestens fünf Minuten lang. Ich schwöre. Auf dem Heimweg ertappte ich mich dabei, wie ich Bill von dieser obskuren Truppe vorschwärmen würde. Ich übte ein wenig, um Timothy treffend imitieren zu können, wie ich es früher immer gemacht hatte. Ich würde wieder nicht mehr weiterreden können vor lauter gemeinsamem Prusten und Lachen und mir fast in die Hose pissen. Dann fiel es mir wieder ein. Die Wohnung war leer. Bills Zimmer war ausgeräumt. Ich verfluchte die Nestflucht.

29

In einer kleinen Feierstunde im Roten Rathaus wurde den vereinigten Abfallvergiftungsbekämpfern die Hanna-Renata-Laurin-Medaille der Hauptstadt verliehen. Die amtierende Regierende Bürgermeisterin übergab Karate-Atze und Mrs Melissa Myer stellvertretend für den gesamten Guerillatrupp einen kleinen, durchsichtigen Teddybären. Er leuchtete im Dunkeln, und wenn man auf seine dünne Wampe drückte, erklang das Lied »Wir Berliner Jungs sind dufte« in einer historischen Aufnahme der Schöneberger Sängerknaben.

Von einem Vertreter des internationalen Treber- und Berberrats erhielten wir außerdem eine silberne Platte. In einem ergreifenden Beitrag lobte er, sich ständig am Hinterkopf kratzend, im Namen aller wohnungslosen Müllschlucker unseren entschlossenen und unkonventionellen Einsatz für eine saubere Platte. Er umarmte Atze und Mrs Myer immer wieder, schlug ihnen auf den Rücken und eröffnete dann das von den Frauen der Berliner Tafel gesponserte Büfett.

Dekorateure hatten kunstvoll nur die allerbesten Esswaren so drapiert, als wären sie gerade aus dem Abfall zusammengesucht worden. Wir staunten über die ungewohnten und reizvollen Konstellationen, die durch diesen kreativen Kunstgriff entstanden waren: Lachsmousse an Marshmallows zum Beispiel, oder Langustinos, verschmiert mit Himbeereis. Die Regierende Bürgermeisterin drückte noch einmal jedem von uns die Hand und ging dann – vermutlich in die Rathauskantine.

Auch Kommissar Kellermann hatte eine kleine Anerkennung erhalten, obwohl er sich ja nicht gerade mit Ruhm bekleckert hatte. Er kam nach der Verleihung kurz auf mich zu und gratulierte mir. Er fragte mich nach den ausgezeichneten Kämpfern, wollte mehr über Carol, Cassius, Kevin und Atze wissen; Boris und Bill waren ja Gott sei Dank nicht da. Besonders schien er sich für einen Herrn Maier oder Meyer zu interessieren, mit dem ich ihm leider nicht dienen konnte. Kellermann stöhnte, er arbeite noch immer an dem Attentat auf die Vorstandsetage von Trust United. Hier sei ja eindeutig unser altbekanntes Botulinum im Spiel gewesen, aber alle 9123 sachdienlichen Hinweise aus der Bevölkerung, die er bis jetzt verfolgt habe, seien Nieten gewesen. Es müsse, er sei sich absolut sicher, eine Verbindung zwischen unseren Kämpfern und Trust United geben. Wer außer ihnen habe ein Motiv? Obwohl die Koinzidenz der Ereignisse die meisten als Täter ausschließe. Alle seien ja bei der Festnahme dabei gewesen in der Nacht, in der wenige Stunden zuvor die Vorstandsetage von Trust United ihr letales Dessert eingenommen hatte. Trotzdem: Entweder handle es sich um ein weltweites Syndikat oder um einen fanatischen Einzeltäter, es passe alles noch nicht zusammen, aber er lasse nicht locker. Nein, dachte ich, mit Blick auf Kellermanns strapazierte Nase, Kellermann lässt nicht locker.

Mrs Myer erzählte mir von ihren Erfahrungen im Kiezteam, wo sie auch mit Boris zu tun hatte. Sie habe ihn neulich besucht, sein neuer Freund Bill sei auch dagewesen. Ich zuckte nur ganz kurz, hörte dann wieder interessiert zu. Sie habe vergeblich versucht, ihn zu unserer Feierstunde hierher zu schleppen. Sie finde es so schade, dass Boris nicht mit uns schlemmen könne. Er wirke aber weder deprimiert noch entmutigt, sondern eher wild entschlossen, zu was auch immer. Sie setze sich sehr für ihn und sein Anliegen ein und überlege, ob man ihn nicht als

Präzedenzfall bis nach Den Haag durchklagen solle. »Wir könnten eine riesige Aktion für ihn starten, ich habe Beziehungen in der internationalen Survivor-Szene.« Ich nickte wissend, verschluckte einen Kommentar.

Dann fing sie an, mich auszuhorchen, wie ich so lebe, was ich so treibe, ob ich Nachwuchs hätte. Ich fühlte mich geschmeichelt und erzählte ziemlich munter drauflos. Sie blieb etwas penetrant beim Thema Kinder hängen, obwohl sie – wie ich ja wusste – an potenziellen Samenspendern eher nicht interessiert war. Ich nahm es als Marotte und erzählte ihr von meinem Schulpraktikum in einem schwäbischen Kindergarten und meinen späten Erfahrungen mit einem trotzigen Quasi-Sohn

Daraufhin gestand sie mir, dass sie gewisse Probleme habe mit der Wohnung, die ihr und ihrer Tochter Myra überlassen worden sei, solange der Besitzer sich in Ecuador befinde. Ob ich vielleicht eine Unterkunft für sie wisse oder vielleicht sogar einen Unterschlupf? Sie müsse sich vor allem datenmäßig tarnen, müsse in Sachen Schizokokken von einem fremden Brainmaster aus operieren, obwohl sie deshalb schon die meiste Zeit die interne Schwertfischechnik benutze.

Ich versprach ihr, etwas verwirrt, darüber nachzudenken, und stellte erneut fest, dass es sich bei ihr um ein außerordentlich beeindruckendes Wesen handelte. Vor allem seit ich wusste, dass sie ein Mann war. Oder war er doch eine Frau? Was war Tarnung und was biologische Realität? Vielleicht war er oder sie auch ein Drifter. Was ging es mich eigentlich an? Wirklich interessant war die kleine Tochter. Ob Mrs Myer der Erzeuger war? Mir war schon klar, weshalb die Vater- respektive Mutterschaft von Mrs Myer mich so faszinierte. In ganz Europa gab es immer seltener Psychos mit Nachwuchs. Die Ärzte sahen es höchst ungern und verordneten diktatorisch Sterilisation, Verhütung und Abbruch. Das Risiko, die Erkrankung zu vererben, sei einfach zu hoch, die späteren Kosten von Neuroleptika und Therapie gesellschaftlich nicht zu verantworten. Vom Leid der Kinder ganz zu schweigen! Ich konnte mir nicht vorstellen, dass die Debatte in den USA so ganz anders verlief. War Mrs Myer gar kein Psycho? War Myra gar nicht ihr Kind?

Ich scheuchte die Debatten aus meinem Kopf. Sich fortzupflanzen, da war ich mir als kinderlose männliche Amme sicher, gehörte zu den Urinstinkten des Menschen wie mein ewiger Hunger. Wer hatte das Recht, mir das Essen zu verbieten? Ich bediente mich gleich noch einmal an dem außergewöhnlichen Büfett. Beim Spachteln beobachtete ich Mrs Myer von der Seite. Das adrett aufgesteckte Haar, das jugendlich faltenfreie indianische Gesicht, der orangenfarbene Folienanzug, den sie als dezente Hommage an die Berliner Stadtreinigung heute angelegt hatte. Mit reflektierenden Streifen! Sie war und blieb ein Geheimnis, das es zu lüften galt. Ich näherte mich ihr beiläufig und meinte, ich hätte da wohl ein Zimmer frei. Im Grunde genommen sogar zwei. Die näheren Umstände würde ich ihr dann noch erklären. Sie dankte knapp, schien sich noch nicht einmal zu freuen und flüsterte konspirativ: »Ihre Adresse, Herr Schäfer?« Ich, ebenso konspirativ, nicht ganz so professionell: »Klausener Platz 3. Codewort am Eingang: Wölffin.«

30

Von all unseren Kämpfern machte uns Kevin die größten Sorgen. Er rappelte sich einfach nicht auf. Wir probierten es mit allen möglichen Tricks. Hypo-Jack setzte das Glyxina ab, probierte es mit Bachblüten-Notfalltropfen. Er hypnotisierte Kevin, setzte Blutegel an und ließ uns, zum Zwecke des antidepressiv wirkenden Schlafentzugs, eine ganze Nacht mit Kevin »Schiffe versenken« spielen. Am meisten Gedanken und Mühe machte sich Carol: Sie hatte Kevin in den Tagen des Abfallkampfes offensichtlich tief in ihr Herz geschlossen. Wie vereinbart nahm sie deshalb auch an der Junikonferenz teil, in der sein Hilfeetat überprüft und eventuell angepasst werden sollte.

Da es sich um eine Routinesitzung handelte, gab es keinen Grund für unsere Honoratioren, anwesend zu sein. Wie immer leitete Dr. Kuhfink, unser Psychiatriekoordinator, die Sitzung; eine junge Sozialarbeiterin vertrat das Amt, ich repräsentierte die betreuende Organisation, also Just4you/Schwertfisch Ltd., und war gleichzeitig als professionelle Bezugsperson – der Begriff des Casemanagers hatte sich nie richtig durchgesetzt – anwesend. Marylin hatte so lange herumgenörgelt, bis Kevin ihr erlaubt hatte, als Person des Vertrauens mitzukommen. Angehörige waren nicht aufzutreiben gewesen. Kevins Mutter hatte sich schon vor Jahren einer matriarchalischen Kommune angeschlossen, die in der Ardeche Alpaka-Ziegen züchtete. Seinen Vater hatte Kevin nie kennen gelernt, da dieser es vorgezogen hatte, seine Spermen einer Samenbank zu verkaufen.

Marylin war von einer Nasenkorrektur etwas angeschlagen und strömte den strengen Geruch aseptischen Gewebekitts aus. Sie hatte sich aber erstklassig zurechtgemacht und trug ein seriöses Kostüm, das lediglich durch einen dunklen Schleier vor dem Hütchen etwas überzogen wirkte. Sie hatte sich ihre Hände resedagrün einfärben lassen und trommelte mit ihren Fingern äußerst wirkungsvoll auf Kevins Brainmaster herum. Ausnahmsweise war auch der Schwyzerdütsch sprechende Studienberater von Kevin zugeschaltet worden – ich hatte mich bemüht, ein möglichst komplexes Bild des Beziehungs- und Hilfegeflechts herzustellen. Hypo-Jack hatte sich nur kurz freimachen können und versprach, auf virtuellem Wege erreichbar zu sein.

Zu unserer größten Verblüffung kam mit wenigen Minuten

Verspätung der einarmige Vertreter der Gesundheitskasse, im Schlepptau einen Sachbearbeiter der Sozialbehörde im Auftrag des Bezirksbudgets.

Kevin, der ja eigentlich die Hauptperson dieses ganzen Auftriebs war, ging förmlich unter. So zartgliedrig und schmal (und schön!) war er mir noch nie erschienen, vielleicht, weil ich ihn schon seit Jahren nicht mehr außerhalb seines sterilen Appartements gesehen hatte. Der Schädel war makellos rasiert, vor Mund und Nase trug er einen medizinischen Bakterienschutz, wie ihn Dentisten zu tragen pflegen. Richtig zu sehen waren eigentlich nur seine wasserhellen Augen, die reichlich verwirrt zwischen den Anwesenden herumwanderten. Er hatte vermutlich schon lange nicht mehr so viele professionell bemühte Menschen auf einem Haufen gesehen.

Kuhfink gab mir zunächst das Wort. Ich resümierte kurz den vergangenen Hilfeetat: ein Echtkontakt von mindestens 40 Minuten täglich, Check-ups nach Bedarf, mindestens aber dreimal innerhalb von 24 Stunden, Rufbereitschaft nachts wegen diffuser Angstzustände, regelmäßige Biodatenüberwachung durch unseren eigenen medizinischen Dienst, Bedarfsmedikation sowie die zugehörige Motivationsarbeit und Überwachung, je nach Bedarf auch alternative Methoden der Krisenintervention, insbesondere Qigong, Reiki und holotropes Hecheln. Insgesamt 43 Module pro Woche, in Krisenzeiten, wie in den letzten acht Wochen, maximal 97 Module wöchentlich. Diese kurzfristige Erhöhung, so berichtete ich ausführlich, sei notfallmäßig mit Frau Dr. Boldt vom Sozialpsychiatrischen Dienst abgesprochen gewesen und habe immerhin eine stationäre Behandlung abwenden können. Hinzu komme als tagesstrukturierende Maßnahme ein Nautikstudium im Uni-Net, mit besonders intensiver Fürsorge durch den Studienberater Herrn Oberthürli, dem ich hiermit das Wort gab.

»Gruezi alle mittenand. Also der Kevin, des isch scho e schlaus Bürschli. Aber in der letzte Zit isch er mir doch etwas konfus erschine. I hab versucht, ihn 'z beruhige, mit seine ganze Katastrophenängscht, aber es ischt mir nicht gelunge. So muaß ich leider sage, dass er die Zwischenprüfung nit bestanden hat, obwohl er die Prüfungsufgabe: La Rochelle – Kap Hoorn und retour in der Simulation beschtimmt fünf Dutzend Mal hat durchlaufe lasse. Aber wie gesagt: a schlaus Bürschli, der Kevin, bloß aweng durchenander! Uf widerluage!«

Ich erwähnte kurz die passageren Einsätze (Alltagsassistenz!) der »Flotten Bienen«, mit jeweils drei Modulen anzusetzen, sowie die genehmigten, aber nicht genutzten Sitzungen im Lavaraum, mit jeweils 15 Modulen zu veranschlagen.

Trotz allem gehe es Kevin, abgesehen von einem kurzen Zwischenhoch in Zusammenhang mit unserem kollektiven Kampf gegen die Abfallvergifter, kontinuierlich schlechter. Wir seien eigentlich mit unserem Latein am Ende und sehr froh, dass eine sehr qualifizierte Mitarbeiterin der M.V.K.P.S.L. (ich hatte geübt! und nickte in Richtung von Carol) sich seiner besonders intensiv annehme.

Carol saß neben Kevin, und ganz kurz hatte ich den Eindruck, sie halte seine Hand. Sie (!) seine (!) Hand (!). Ein kleiner spitzer Eifersuchtszahn nagte an meinem fetten Ego.

Carol ergriff das Wort: »Ich bin ja noch ziemlich neu in dieser Materie, prädestiniert für die Arbeit vielleicht vor allem dadurch, dass ich selbst einen psychisch kranken Sohn habe, der sich mittlerweile – er ist jetzt 23 – stabilisiert hat. Außerdem habe ich ein Studium in Ethnopsychologie absolviert, habe promoviert und viele Jahre wegen entsprechender Forschungsaufenthalte im Ausland verbracht. Wenn ich das hier richtig verstanden habe, so wird heute darüber diskutiert, wie groß der Hilfeetat sein muss, der für die Betreuung und Behandlung von

Kevin im nächsten Jahr erforderlich ist. Ich habe nebenher so ein bisschen mitgerechnet: Wenn wir den maximalen Bedarf annehmen – und davon ist in seinem jetzigen kritischen Zustand ja auszugehen –, dann könnte von diesem respektablen Modulhaufen ohne weiteres eine 1:1-Betreuung durch einen halbwegs qualifizierten Schwertfisch finanziert werden.«

Wir schauten uns alle gegenseitig verwundert an. Der Sachbearbeiter der Sozialbehörde hatte, offensichtlich etwas überfordert mit der Materie, angefangen zu dösen, wachte aber nun mit einem Schlag auf. Marylin schlug den kleinen Schleier auf ihr Hütchen und rückte sich gerade. Sie fühlte sich ganz eindeutig durch das Stichwort 1:1-Betreuung angesprochen. Der Vertreter der Gesundheitskasse tastete nach seinem abwesenden Arm – vermutlich plagte ihn kurzzeitig ein Phantomjuckreiz. Kuhfink räusperte sich und ordnete seine tolle elektronische Ausrüstung neu: Brainmaster links, das Minimikro für das Protokoll rechts, seinen altmodischen Timer richtete er exakt an der Mitte aus. Betont ruhig fragte er: »Frau Regnier, auf was wollen Sie eigentlich hinaus?«

Auch ich sah sie erwartungsvoll und eine Spur genervt an und war verblüfft, als Kevin seinen Bakterienschutz abriss, eine Hand vor den Mund hielt und zwischen den Fingern hindurch antwortete: »Ich möchte die klassische Whitbread-Route über Kap Hoorn real navigieren. Bevor ich das nicht gemacht habe, geht es irgendwie nicht weiter. Carol würde mich begleiten.«

Ich fing an zu prusten, Marylin kicherte, hielt aber die Hand vor den Mund. Der Vertreter der Gesundheitskasse vergaß seinen abwesenden Arm und japste nach Luft. Kuhfink gewann als Erster die Fassung wieder. »Ein bisschen Ernsthaftigkeit, wenn ich bitten darf. Wir haben schließlich nicht ewig Zeit und müssen mal zu Potte kommen. Herr Schäfer, können Sie mal einen konstruktiven Vorschlag machen?«

Carol schlug dezent mit der Hand auf den Tisch. »Das war ein konstruktiver Vorschlag. Der konstruktivste Vorschlag, den Kevin seit langem gemacht hat. Wer sagt eigentlich, in welcher Form Kevin den ihm zugestandenen Hilfeetat ausgeben darf? Die Schizokokken fordern doch schon lange, dass wir den Klienten den Etat bar zur freien Verfügung aushändigen sollen. Cash! Was Kevin will, ist doch viel harmloser: eine therapeutische, 1:1 betreute Segeltour. Ein alter Hut! Tausendmal probiert, klicken Sie mal das Stichwort ›Erlebnispädagogik‹ an. Bergwandern auf Gomera. Hundeschlittenrennen in Alaska. Überleben in der Wüste Gobi. Blockhüttenbau in Finnland. Ich habe mich erkundigt. Die sozialpädagogische Segeljacht ›Makarenko‹ des Berliner Senats liegt zum Beispiel noch immer in Wismar vor Anker. Regelmäßig von einem Psycho-Zuverdienstprojekt aus Stralsund gewienert, geschliffen und mit neuem Anstrich versehen.

Die ›Makarenko‹ ist technisch auf dem aktuellen Stand. Wir könnten also, wenn Kevin mit der Navigation nicht zurande kommt, jederzeit mit GPS – dem Geo-Positional-System – weitersegeln. Ein guter Autopilot ist ebenfalls vorhanden, und wenn wir beides verbinden, findet die ›Makarenko‹ quasi blind ihren Weg. Ach ja, was ich noch vergessen habe zu erwähnen: Zu meinen diversen Auslandsaufenthalten gehört auch eine Kon-Tiki-Durchsegelung von Mikronesien. Küsten- und Hochseepatent der mecklenburg-vorpommerischen Schifffahrtsbehörde liegt vor. Mit Ihrem Brainmaster unter meinen Daten nachzuprüfen.«

Uns blieb kollektiv die Spucke weg – und irgendwie die Argumente auch. Carol hatte uns schachmatt gesetzt.

Kevin war inzwischen auf seltsame Weise größer geworden. Ich will nicht behaupten, dass er gewachsen war. Vielleicht hatte er einfach eine andere Aura bekommen oder es hatten sich einige neue Rückenwirbel gebildet. Da er seinen Zahnarztlappen wieder sorgfältig vor Mund und Nase drapiert hatte, konnte man nicht genau erkennen, ob er lachte. Seine wasserhellen Augen jubilierten zweifellos.

Nun geschah etwas Außergewöhnliches. Ich hatte so etwas noch nie erlebt. Eigentlich war es ein Skandal. Der Psychiatriekoordinator Dr. Kuhfink beantragte den Ausschluss des Betroffenen. Wir hielten die Luft an. Wenn sich das herumsprach! Carol meckerte rasch etwas von Diskriminierung, aber Kevin stand sofort auf und verließ den Raum. Groß, stolz und lautlos einen Choral singend.

Die Gesundheitskasse hatte keinerlei Einwände, der Sachbearbeiter der Sozialbehörde schloss sich an. Finanziell gesehen, war es gehupft wie gesprungen. Die Kollegin vom Sozialpsychiatrischen Dienst bedauerte, dass Frau Dr. Boldt noch nicht persönlich anwesend sei, sie habe sie aber schon angepiept, sie werde jeden Moment kommen.

Ich beschloss kurzerhand, über meinen eifersüchtigen und missgünstigen Schatten zu springen, und gab ein positives Votum ab. »Wir müssen zugeben, dass wir mit Kevin andere, mindestens genauso abgefahrene Sachen in der letzten Zeit ausprobiert haben, ohne diese erlauchte Runde vorher um Genehmigung zu fragen. Es handelt sich hier um einen weiteren Versuch. Vielleicht erinnert sich der eine oder andere von Ihnen an unsere letzte PSAG, da kamen ja auch einige Grundsatzfragen zur Sprache. Einige von uns saßen hinterher noch lange zusammen und grübelten, welche wirklich zwingenden Erfahrungen des eigenen Notwendigseins unsere Klienten denn noch machen. Gerade dieses Problem haben ja die Erlebnispädagogen, vielleicht etwas überzogen, versucht zu lösen. Ich bin dafür, dass Frau Regnier diesen Versuch macht. Ich würde allerdings bitten, dass wir die Fahrt auf unseren Schwertfischbildschirmen verfolgen dürfen und unser Arzt, Herr Kaiser, regelmäßig die Biodaten prüfen kann. Was meinst du, Jack?«

Hypo-Jack, der inzwischen nur noch virtuell zugegen war, nickte mit dem Kopf. »Ich werde vorher beide gründlich untersuchen und für alle Fälle eine komplette Bordapotheke zusammenstellen. Ich bin einverstanden.«

Dr. Kuhfink fragte nun alle Voten ab: »Frau Dr. Boldt, haben Sie sich schon mit dem Problem vertraut gemacht? Ich sehe, Sie haben Bedenken, stimmen aber grundsätzlich zu. Dann habe ich hier ein klares Ergebnis. Ich enthalte mich der Stimme, Gegenstimmen sehe ich keine. Der Hilfeetat des vergangenen Jahres wird – einschließlich der Zusatzmodule für Krisenintervention – für ein weiteres Jahr bewilligt. Mit dem hiermit bewilligten Hilfeetat kann ausnahmsweise eine 1:1-Betreuung durch den Betreuungsdienst Just4you/Schwertfisch Ltd. während einer Segelreise von einem noch festzulegenden Ort bis nach Kap Hoorn und zurück finanziert werden.«

Carol und Marylin umarmten sich kurz und holten Kevin aus seinem Exil auf dem Flur zurück. Kevin riss ein weiteres Mal seinen Mundschutz ab und ließ uns an seinem schönsten Lächeln teilhaben. Dann zog er schleunigst das Teil wieder vor Mund und Nase, um Bakterien, Viren und Mikroorganismen am Eindringen in seine Schleimhäute zu hindern. Um seine Hände schien er sich weniger Sorgen zu machen. Zumindest um seine rechte, denn die hielt Carol nun sichtbar für alle in ihrer linken.

Wir waren alle so aufgekratzt, dass wir das übliche diplomatische Geplänkel vergaßen und alle zusammen in eine italienische Eisdiele gingen. Carol erzählte von Wirbelstürmen und Korallenriffen und ciguateraverseuchtem Fisch und riet Kevin, eine ausführliche Liste für seinen synthetischen Bordproviant aufzustellen. Sie hatte ein wenig Mühe mit dem Gestikulieren, denn ihre und Kevins Hand waren mittlerweile vermutlich zusammengewachsen. Herr Dr. Kuhfink spendierte Marylin einen Mangrovenbecher und erzählte, dass er als kleiner Junge auch immer zur See fahren wollte. Er werde aber schon im Meditationstank seekrank – leider!

In den nächsten Tagen stand der ganze Corbusier-Komplex unter Strom. Mrs Myer hatte sich sofort mit einem Spezialteam angemeldet und wollte die ungewöhnliche Seereise nonstop auf einen Luxusplatz im Lokal-Net übertragen lassen, vorher sollten natürlich einige exklusive Interviews erfolgen. Die Wölffin vernachlässigte kurzfristig ihren Kräutergarten auf dem Dach und gab Tipps für den Proviant. Was sie von der ganzen Idee hielt, war nicht so genau zu eruieren; auf jeden Fall war wieder etwas los, und das war besser als dieses nichtsnutzige Rumgehänge.

31

Drei Tage später blinkte mein zurückgebliebener Brainmaster in heller Panik, als ich um Mitternacht die Wohnung betrat.

Ich hatte mich elektronikfrei, wie es jetzt modern war, das erste Mal in diesem Jahr auf den Weg in ein Kino gemacht. Seit alle meine geliebten Filmtheater geschlossen waren, reagierte ich bockig. Die sechs Multiplexe, die jetzt die gesamte Kinosucht der Hauptstadt befriedigen sollten, boykottierte ich. An jenem Abend hatte ich mein Gelübde gebrochen, um über einen viel besprochenen Erstling einer blutjungen indonesischen Regisseurin mitreden zu können. Brad Pitt, für den ich noch immer heimlich schwärmte, und Cosma Shiva Hagen spielten ein abgehalftertes Fixerpärchen. Obwohl dank der staatlichen Heroinabgabe gut versorgt, beschließen die beiden heroisch, um ihrer reinen Liebe willen einen Entzug zu machen. Ihr Antrag wird von einer alten verbitterten Gutachterin (brillant: Whoopy Goldberg) abgelehnt, sie werden auf diverse Ersatzprogramme verwiesen. Gemeinsam lassen sie sich per Fallschirm in einem menschenleeren Reservat aussetzen, werden clean und bekommen dann auch noch auf wunderbare Weise – beide sind sterilisiert – niedliche Zwillinge.

Der Film war umstritten. Seriöse Medien bezeichneten ihn als unmoralisch und subversiv, die heranwachsende, spirituell ausgehungerte Generation sah in ihm ein Fanal: für den Pfad der Erleuchtung, gegen den rationalen Sozialkodex.

Ich hatte irritiert beschlossen, zu Fuß nach Hause zu gehen. Die Luft schien mir ungewöhnlich rein, meine Präsenztage hatte ich absolviert, Rufbereitschaft erst wieder übermorgen. Am Marlene-Dietrich-Platz blieb ich stehen, um eine Gruppe pubertärer Flagellanten zu beobachten. Sie schlugen sich mit peitschenähnlichen Gebilden aus Stacheldraht auf den Rücken, hüpften von einem Bein auf das andere und sangen eintönige, mir unverständliche Silben. Ihre provisorischen Kutten waren über und über mit Blut bespritzt. Ich kannte dergleichen nur aus den sensationslüsternen Kommerzkanälen, aus fragwürdigen Berichten über Massenekstasen auf Borneo, Bali oder Hiddensee. Vielleicht kam ich auch nur zu selten in das Regierungsviertel. Auf der anderen Straßenseite standen angetrunkene Jugendliche und feuerten die Büßer an. Wie sollte das weitergehen?

Ich blieb kurz stehen und bewunderte zwei abgeklärte Polizisten, die zwischen den Fronten hin und her wanderten. Dann ging ich weiter, die alte vertraute Strecke am Tiergarten entlang, streifte kurz das hermetisch abgeschirmte Holocaust-Denkmal mit seinen ewigen Demonstranten und ließ die Regierungsblöcke abseits hinter mir.

Ich war keineswegs allein; immer wieder traf ich auf Musikanten, Zauberer oder Prediger, die mich zu allen Weltreligionen und obskuren Nebenströmungen zu bekehren versuchten. Über die Straße des 17. Juni stoben Junge und Alte auf diversen Gerätschaften, in lockeren Rudeln, auf Rädern und Rollen unterschiedlichster Anzahl und Größe, mit und ohne Helm. Das letzte Stück, den Kaiserdamm hinauf, winkte ich mir dann doch eine Rikscha. Ich freute mich nach gut zweistündigem Fußmarsch auf einen kleinen Imbiss und mein Bett.

Stattdessen begrüßte mein Brainmaster mich mit Alarm.

Insgesamt sieben Mal hatte sich Mrs Myer gemeldet, vorwurfsvoll und ein wenig enttäuscht. Es sei ihr nicht gelungen, mit dem angegebenen Codewort »Wölfin« Zugang zum Haus und zur Wohnung zu erhalten. Ich möge mich doch bitte sofort melden. Mein Puls schoss in die Höhe, ich fing an wie wild meine Wohnung aufzuräumen, die seit Bills plötzlichem Abgang etwas verwildert war. Dann stellte ich den Kontakt her und geriet mit Mrs Myer in eine langwierige und unerfreuliche Debatte.

Es ging ausschließlich darum, ob man nun Wölfin mit einem oder zwei »f« schreibt. Offensichtlich hatte sich unser Buchstabenschloss an der Haustür mit der von Mrs Myer verwendeten korrekten Schreibweise nicht geöffnet. Ich entschuldigte mich mehrere Male, Mrs Myer aber beruhigte sich nicht. Wie so etwas passieren könne? Das sei doch wirklich ärgerlich. Ob mein Angebot vielleicht nicht ganz ernst gemeint gewesen sei? »Nein, nein, Sie sind herzlich willkommen. Das Ganze war wirklich mein Fehler! Ich erkläre Ihnen alles später.« Mittlerweile war es halb drei. Ich bezog noch rasch das Bett in Bills Zimmer, schmiss die darunter liegende Unterwäsche in den Waschkanal und legte einen kariesverdächtigen Betthupfer für Myra auf das Kissen. Dann standen sie auch schon vor mir: Mrs Myer mit völlig zerfleddertem Haarknoten und ungewohnt derangierter Kleidung, ihre dreijährige Wonnetochter schlafend auf den Armen.

Am nächsten Morgen gestand mir Mrs Myer nach einem ausgiebigen Frühstück, dass sie mit ihrem bisherigen Unterschlupf auch ihren bewährten Babysitter verloren habe. Sie sah mir mit ihrer gewohnten Ernsthaftigkeit etwas länger als üblich in die Augen, ihre sonst knallharten Mundwinkel weichten etwas auf. War es ein winziges Grinsen oder eine klitzekleine Anmache? Ich beschloss, dass mich Mrs Myer soeben auf ihre ganz spezifische Art um einen Gefallen gebeten hatte, den ich ihr nur zu gerne gewährte. Ein Kind, ein Mädchen sogar! Ich rieb mir klammheimlich die Hände vor Freude.

»Das ist wunderbar. Ich bin erleichtert. Sie werden sich gut verstehen. Myra, Darling, bleibst du heute bei Herrn Schäfer?« Dann zog sie ihre wetterfeste Daunenjacke über den gesteppten Overall und verschwand, um ihren diversen Aufgaben als Mitarbeiterin des Schwertfisch-Kiez-Teams und Schizokokken-Funktionärin nachzukommen.

Das war's dann auch. Ich zeigte Myra, wie man Maultaschen wickelt, sie zeigte mir, wie der Myer'sche Haarschopf gekämmt, geflochten und hochgezurrt wird. Wir lachten uns krumm und schief. Es wurde Abend, es wurde Nacht, aber die Frau Mama zog es vor, aushäusig zu bleiben. Myra wirkte nicht weiter erschüttert, sie war es wohl gewohnt.

Am nächsten Tag begleitete ich sie in eines der altersgerechten, pädagogisch hochwertigen Playhouses und lauschte den anderen überbesorgten Elternteilen, die links und rechts von mir Tipps über Spezialförderungen und Kreativkurse austauschten und dabei keine Sekunde lang ihre tobenden Zöglinge aus den Augen verloren. Mrs Myer gab nachts ein kurzes Gastspiel in unserem Wigwam und war am frühen Morgen schon wieder weg.

Ich geriet in Panik. Wie sollte ich Myra einen weiteren Tag

oder womöglich eine ganze Woche unterhalten? Mein Repertoire war äußerst begrenzt, eigentlich hatte ich mein Pulver schon verschossen. Ich entdeckte, dass Myra wie alle Kinder ihres Alters die Wiederholung liebte und war erleichtert. Also spulte ich alles noch mal von vorne ab. Ich imitierte einige besonders ätzende Moderatoren der Werbekanäle und meine Oma, ich knetete mit ihr Buletten und flocht Zöpfe, und wenn ich müde war, lieferte ich sie im Playhouse ab. Am Donnerstag wurde es dann wirklich eng, mein zweitägiger Präsenzdienst stand bevor. Ich erwog schon, Myra mit ins Corbusier zu schleppen, da erschien Mrs Myer pünktlich zum Frühstück und übernahm die Kinderbetreuung. Sie hätte meine Nachrichten erhalten, of course, und nochmals vielen Dank.

Es ging mir gut in diesen Tagen, und allmählich auch in den Nächten, besonders in den Nächten. Es war genau so und ich werde es nie vergessen.

Ich war an jenem Tag lange mit Myra im Schlosspark gewesen, am Nachmittag, der Zeit der Greisinnen und Senioren. Sie hatten Myra entzückt angesprochen, angelacht, baten darum, sie berühren zu dürfen. Es war mir eine Wonne zu sehen, wie das kleine Butzele die Alten zum Strahlen brachte.

Ich grinste nach Mitternacht noch immer selig vor mich hin und dachte, Myra sei wie so oft noch einmal aufgewacht, als die Tür leise aufging. Aber es war ein großer Umriss, den ich im Restlicht des Monitors knapp erkennen konnte. Die Silhouette blieb stehen, ich erschrak über ein unangenehm lautes und heftiges Kratzen. Ich erkannte das Geräusch – Klettverschlüsse wurden geöffnet. Zwei Ärmel fielen links und rechts zur Seite, zwei Arme griffen nach oben und lösten den Flux. Langes Haar floss auseinander. »Komm«, sagte ich, mehr brachte ich nicht zustande. Es gab auch nichts zu sagen. Ein fester, unendlich glatter Körper schälte sich heraus. Alles fand seinen Weg.

Am Morgen wachte ich auf und war allein. Hatte ich nur geträumt? Ich wartete jede Nacht, oft genug umsonst. Ich fand keinen Rhythmus, keine Regel. Aber das Wunder wiederholte sich, unkalkulierbar zwar, aber zweifellos real. Die köstlichen Griffe waren leibhaftig, echt, auch das unverständliche Flüstern an meinem Ohr. Ich war mir sicher, absolut. Aber was war mit diesen fast unerträglichen Glücksgefühlen und dem Erschrecken am nächsten Tag, wenn Mrs Myer ihr eisigstes Visier trug? War das auch real? Dann würde es mich zerfetzen.

32

Carol war es dank des unglaublichen Medienechos innerhalb weniger Tage gelungen, einen Schiffseigner zu finden, der sein Boot nur wenige hundert Meter von Corbusier entfernt, am Siemenswerder, liegen hatte. Hier übte sie jetzt mit Kevin Knoten in natura, ließ ihn ab- und anlegen, Segel reffen oder im Handbetrieb die Ankerkette hochziehen. Kevin geriet natürlich schon nach wenigen Minuten aus der Puste und argumentierte, dass er als Navigator ja nur die Richtung anzugeben habe. Segeln müsse schon die Mannschaft, außerdem gebe es eine elektrische Ankerwinde und auch sämtliche Segel müsse man nicht mit altmodischer Körperkraft bewegen. Carol redete verzweifelt auf ihn ein, kündigte Motorschaden, Windendefekte und weiteres Unheil an und schien sich kurzfristig an ihren eigenen Mut nicht mehr erinnern zu können. Doch ihr war klar: Zurück konnte sie jetzt auf keinen Fall mehr. Also übte sie selbst am härtesten, fragte dem Skipper ein Loch in den Bauch und war so nach einigen Wochen topfit. Wie sich ihre interne Kommunikation mit ihrem Schiffsjungen und königlichen Navigator Kevin weiterentwickelte, entzog sich unserer Kenntnis.

Wie vereinbart mussten die beiden Seefahrer Mitte Juli zu einem gründlichen Check-up bei Jakob Kaiser, unserem Hipophysendoktor. Als Schwertfischbeauftragter nahm ich daran teil. Die Biodaten waren bestens, der psychopathologische Befund nicht grade rosig. Kevins diffuse Bakterienängste waren einer dysphorischen Gereiztheit gewichen, doch weitaus bedenklicher war Carols geradezu fanatische Pedanterie. Ein kurzer Spezialtest erbrachte Hinweise auf ein anankastisches Syndrom im dritten Stadium, differenzialdiagnostisch einer galoppierenden Zwangserkrankung. Nach längerem Hin und Her beschlossen wir gemeinsam, dass es sich um eine der Größe der Herausforderung angemessene biopsychosoziale Reaktion handelte. Jakob verschrieb ein leichtes Sedativum für den Schlaf und einen Megacocktail aus Vitaminen, Mineralien und freien Radikalen wegen der noch nicht ganz absehbaren Mangelernährung unterwegs. Er tastete bei beiden den sensiblen Bereich zwischen der zweiten und dritten Rippe ab und prüfte, ob der Szillo, jenes kleine Datenübertragungswunderteil, das sich jeder Krankenversicherte einsetzen lassen musste, richtig saß. Man wollte ja korrekte Übertragungswerte haben.

Dann gingen Carol und Jack gemeinsam noch einmal die Bordapotheke durch. »Und im Zweifel kontaktiert ihr uns sofort, und ich sage dann, was genau zu tun ist!«, meinte Jack. Carol wies mehrfach darauf hin, dass dies im Notfall zu lange dauere und außerdem jedes technische Kommunikationsmittel zu Bruch gehen könne. Die Liste wurde also penibel noch einmal durchgegangen. Pillen für alle nur möglichen Durchfälle, Infektionen, Panikattacken, Schmerzzustände oder Verletzungen. Kanisterweise Desinfektionsmittel und einen Sterilisator für Kevin. Ein kleines OP-Set, bestehend aus Miniskalpell, Nähzeug und einer wertvollen Packung Gewebekitt. Jack erklärte genau, wie der Kitt zu verschmieren sei und wie er mit einer Art Lötkolben versiegelt werden müsse. Es folgte ein Intensivkurs in Erste-Hilfe-Maßnahmen, einschließlich Mund-zu-Mund-Beatmung und Herzmassage. Kevin und Carol übten unter Anleitung und später auch noch ohne. Ich war erschöpft und unendlich froh, auf meine alten Tage nicht mehr mit diesem neumodischen Kram anfangen zu müssen.

Da widmete ich mich doch lieber den kleinen Fingerspielen und Gutenachtliedern, die mir meine Oma beigebracht hatte. Myra war ein dankbares Opfer.

Ende Juli verabschiedeten wir Carol und Kevin mit einer herzzerreißenden Party in unserer Anlage. Es gab die ersten Rettiche, und die Wölffin kredenzte eine Salatplatte, die ausschließlich aus HELIOPSIS-Produkten bestand. Marylin hatte sich in eine Art trauernde Witwe verwandelt, erinnerte entfernt an Audrey Hepburn und wischte sich die Tränen mit einem echten textilen Spitzentüchlein ab. Wo sie das wohl aufgetrieben hatte? Mrs Myer, Carol und Boris zogen sich für mindestens eine halbe Stunde in den Übungskahn auf Siemenswerder zurück und kasperten irgendetwas Geheimnisvolles aus, bei dem sie mich offensichtlich nicht dabei haben wollten. Ich war beleidigt und zeigte Myra, wie mein Opa immer einen Rettich so aufgeschnitten hatte, dass man ihn als Spirale auseinander ziehen konnte.

Als die drei Geheimbündler wieder auftauchten, wirkten sie seltsam erhitzt und entschlossen. Ich nahm all meinen Mut zusammen und fragte Mrs Myer, ob sie etwas im Schilde führe. Sie sah mich verwundert an, zog ihre schmalen Brauen in die Höhe und schien sich grade mal an meinen Namen zu erinnern. Kein Schimmer von irgendwelchen nächtlichen Heimsuchungen, von Balgereien, von Körperkontakt. »Nein, Herr Schäfer, ich habe mir nur einmal das Schiff zeigen lassen. Es war wirklich sehr, sehr interessant.«

Am Abend brachten wir alle gemeinsam Kevin und Carol mit der Schnellbahn zum Großflughafen Schönefeld. Das umfangreiche Gepäck hatte der Schwertfisch-Fahrdienst schon vorab gebracht. Nach einigen wilden Umarmungen, bei dem Kevin kurzfristig seinen Mundschutz verlor, ließen wir die beiden in ihre Fokker nach Bordeaux steigen, wo sie ihr Schiff, die »Swordfish«, in La Rochelle klarmachen wollten. Die Überführung der angejahrten »Makarenko«, so hatte sich rasch herausgestellt, wäre zu aufwändig geworden. Ich hatte diverse Sponsorengelder und Senatszuschüsse aufgetrieben; Schwertfischrücklagen und Gravensteiner stockten auf, schließlich reichte die Summe gerade aus, um ein geeignetes Boot zu erwerben: Die »Swordfish« war eine ausgediente Whitbread-Yacht, die schon einige Stürme und Havarien und die härteste Segelregatta der Welt überstanden hatte.

In unserem Büro wurde der große Bildschirm auf Carol und Kevin geeicht, aber nach den ersten Tagen hatten wir uns so an das routinierte Werkeln der beiden an Bord gewöhnt, dass außer zu den morgendlichen Check-ups nur Cassius, der etwas verloren immer mal wieder bei uns vorbeischaute, den Schirm öfter aktivierte. Bis zum ersten September, an dem die beiden – beobachtet von der nationalen Selbsthilfepresse – zur Atlantiküberquerung in die Biskaya stechen wollten, fielen alle im Corbusier-Komplex in ihren gewohnten Trott zurück.

Bis auf Mrs Myer. Irgendwann im August fiel mir auf, dass sie sich veränderte. Sie fand keinen Schlaf mehr, und ich meine mit Schlaf die altmodische Sorte, bei der wir ganz alleine sind. Nicht dass sie darüber gejammert hätte. Sie ging nur einfach nie in ihr Bett, auch meines schien sie nur noch selten zu finden. Sie jagte von einem Termin zum anderen, spielte nachts mit Myra Räuber und Gendarm oder besuchte ihre wachsende Fangemeinde im C-C-Club des Corbusier oder bei den

Schizokokken. Anfangs wahrte sie noch die Form: die Haare immer exakt gescheitelt, den Flux um den Dutt gezurrt, die einteiligen Anzüge je nach Anlass proleten- oder bonzenhaft. Dann traten erste Risse auf, kleine Lackschäden, größere Blessuren. Sie wurde dünn, sie lachte zu laut, sie war sich ihrer Sache unkorrigierbar sicher. Sie duldete keinen Einspruch mehr, keine Fragen. Sie wurde hektisch, zänkisch, aggressiv.

Wir hatten nie darüber geredet, weil ich mich nicht zu fragen traute, aber nun war es auch nicht mehr notwendig. Der Zug war abgefahren, nur noch eine Notbremsung konnte Mrs Myer zum Halten bringen. Ich fühlte mich für eine derart entschlossene Maßnahme bei weitem nicht stark genug und beschloss, auf die unausweichliche Entgleisung oder Kollision zu warten. Und mich mit Myra abseits der Gleise zu verstecken.

33

Dann kam das große Medienereignis. Unser kleines Büro war schon bald überfüllt, Suzy und Felix hatten zusätzliche Großbildschirme und Boxen im Foyer an eine Seitenwand montiert. Der Heroinausgabeschalter verlor kurzfristig an Attraktivität, Herrenhäuter aus der Ambulanz legte eine Pause ein und setzte sich mit verschränkten Armen in die erste Reihe. Ein Filmteam des regionalen Senders suchte nach einem günstigen Beobachtungsposten, nach einem Blickwinkel, bei dem sie sowohl den Großbildschirm als auch unsere Reaktionen mitbekämen.

Das ganze Just4you-Team war da, egal ob dienstfrei oder nicht: Janina, Greta, Karl, Hypo-Jack, Suzy, Felix, sogar der Organisationsberater ließ sich den Spaß nicht nehmen. Marylin, noch immer in Schwarz, stand neben Fiona und Frau Swenskaja,

Hanold durfte zur Feier des Tages seine Wohnzelle verlassen. Karate-Atze kam mit Cassius und hatte reichlich Schizokokken mitgebracht, die alle guten Plätze direkt vor dem Bildschirm okkupierten. Boris stand neben der nervösen Mrs Myer, die eigentlich frei hatte und deshalb die kleine Myra an der Hand hielt. Josef hatte jede Menge Besucher des Tageszentrums angeschleppt und redete wild auf sie ein. Einige Nancy-Reagans spürten instinktiv, dass etwas los war, und scharten sich um die Wölffin, die sie mit wedelnden Händen wegzuscheuchen versuchte. Endlich war das Bild scharf. Carol und Kevin hatten ihren Brainmaster am Mast befestigt, sie lichteten gerade den Anker und fuhren mit Motorkraft aus dem Hafen von La Rochelle.

Wir sahen aufgeregt zu, wie Kevin am Ruder stand und Carol hin und her rannte, um irgendwelche Stricke mit und ohne Luftballons daran erst los-, dann wieder festzubinden. »Das sind Fender, Karsten«, flüsterte mir die weit gereiste Ashra ins Ohr. Das atlantische Licht blendete uns und wir stöhnten neidisch auf: »Aaaah. Oooooh.« Segel bekamen wir nicht zu sehen, sogar das leise Pluppplupp des Motors erstarb. Eine kleine warme Hand schob sich in meine, und ich hörte die Stimme von Mrs Myer: »Könnten Sie eine Weile auf Myra aufpassen? Ich habe etwas Wichtiges zu erledigen. Bye-bye Darling, bleib schön bei Herrn Schäfer. He'll care for you.«

Carols Gesicht war auf einmal ganz groß auf dem Bildschirm. »Liebe Schwertfische, liebe Schizokokken und liebe Gravensteiner. Liebe Freunde! Bevor wir auf offener See sind, müssen wir euch etwas mitteilen: Kevin und ich haben uns vor einer Stunde im Gretna-Green-Segment registrieren lassen. Wir sind jetzt Mann und Frau. Aber das ist noch nicht alles. Wir möchten euch allen für eure Fürsorge danken und euch jetzt an einem ganz besonderen Ereignis teilhaben lassen.«

Wir konnten Carol kurzfristig nicht mehr sehen, sie hantierte mit irgendetwas im Hintergrund. Auch Kevins Kopf war nicht mehr zu erkennen, er zog sich den Pullover über den Kopf und stand plötzlich mit nacktem Oberkörper da. Um mich herum im Corbusier-Foyer wurde es unruhig. Einige riefen, dann bemerkte ich, dass sich auch Boris plötzlich den Pullover über den Kopf zog. Ein Meer, in das er hätte springen können, war aber weit und breit nicht zu entdecken. Boris tuschelte stattdessen mit Mrs Myer, der weiße Strick hing etwas exponiert auf seinem blassen Brustkorb. Er schien aufgeregt, auch Mrs Myer gestikulierte wild. Bill, mein dunkler Prinz, stand plötzlich neben ihm. Ich hob Myra auf die Schultern, damit sie ihre Mum sehen konnte. Ich drehte mich wieder zu der Übertragung.

Plötzlich tauchte Carol wieder sehr groß und breit auf dem Bildschirm auf, ihr nackter Oberkörper mit ihren verschämten Brüsten verdeckte Kevin. Dann blitzte in ihrer Hand etwas auf. Kevin drehte sich zur Seite, eine winzige Stelle zwischen seinen Rippen war mit einem roten Pfeil markiert. Mit dem Skalpell in ihrer Hand schlitzte Carol die markierte Haut auf, schnitt noch ein wenig tiefer, griff nach einer Pinzette und zog den Szillo, den kleinen Plastiksender, der die Biodaten übertrug, heraus. Wir schnappten nach Luft, einige Frauen kreischten hysterisch. Neben mir hörte ich Suzy: »Carol, bist du wahnsinnig geworden. Hör sofort auf!« Auf dem Bildschirm wurden jetzt die Rollen getauscht. Carol übergab Kevin das Skalpell und die Pinzette. Wir konnten nicht genau sehen, was passierte, aber wir wussten es ja schon.

Die Schreie um mich herum wurden noch lauter. »Boris, hau ihr auf die Hand! Boris! Nein. Nein.« Jetzt begriff ich erst. Während Kevin an Carol herumschnitt, hatte auch Mrs Myer ein Skalpell aus ihrer Handtasche gezogen. Boris hielt seinen Arm in die Höhe, Bill hielt ihn fest. Er hob den Arm von Boris und streckte ihn Mrs Myer entgegen, wie eine Opfergabe. Mrs Myer befühlte den Bizeps, tupfte ihn anschließend sorgfältig ab und schälte dann mit einem feinen Schnitt seinen Glyxina-Spender heraus. Sie fasste ihn an seinem zierlichen Schläuchlein in die Höhe, als hielte sie eine kleine Maus am Schwanz. Blut schoss aus der schmalen Wunde. Myra zappelte und schrie, sie schrie noch weiter, während ich sie herunterhob. Das Filmteam war völlig perplex und konnte sich nicht entscheiden, ob nun vorn oder hinten die größere Sensation war. Myra war längst in meinen Armen, das Gesicht an meiner Brust. Ich streichelte über ihren kleinen Haarknoten, sie atmete heftig.

Alle drehten sich wieder zu der Projektionsfläche um.

»So, jetzt sind wir frei!«, schrie Carol, und auch Boris schrie, nicht ganz im Takt: »Frei! Frei!« Carol und Kevin umarmten sich kurz, nur wenig Blut floss aus ihren Wunden, das kleine Set mit dem Gewebekitt hielt Carol schon in der Hand. Ich drehte kurz den Kopf. Auch Boris und Bill lagen sich in den Armen, Boris Oberarm war bandagiert. Mrs Myer war weggegangen, sie hatte ja ihre wichtige Sache erledigt, dachte ich schockiert.

Die Kamera nahm Carols Hand ins Visier, jetzt bestand die ganze Fläche nur noch aus ihrer winkenden Hand. Dann wurde das Bild eigenartig schief, »Bye-bye« hörten wir noch, und es erlosch. Die letzte Verbindung, unser wertvoller Schwertfischbrainmaster, sank auf den Grund des Atlantiks.

Vor dem Corbusier-Komplex, im ersten Abendrot, stand das Kamerateam und machte zur Abrundung ein paar Außenaufnahmen.

Ich suchte das ganze Foyer ab, das Büro und die Toiletten. In einem Waschbecken lag der kleine blutverschmierte Glyxina-Spender, ich wickelte ihn in Klopapier und steckte ihn in meine Jackentasche. Ich zerrte Myra hinter mir her und suchte weiter. Mrs Myer war nicht zu finden. Eine Woche später kam die erste Karte, mit einem kleinen Känguru.

Acht Jahre später: 2027

»Und das hier?« Myra hat sich über meine alte Box hergemacht. Seit kurzem interessiert sie sich für alles, was man in echt anfassen kann. Ihre vielen Cyberspiele – Globality, Beautyoperation-Center, Bambi – sind ihr langweilig geworden. Das wirkliche Berühren, meint sie, sei doch viel schöner, als elektronisch stimulierte Nervenbahnen. »Vor allem gekitzelt werden!«, sagt sie oft und kichert. Ein kluges Mädchen, aber noch ziemlich kindisch für eine Elfjährige. Sie wird noch andere Berührungen erleben, leibhaftige, echte, und weinen vor Glück. Das hoffe ich.

Seit zwei Tagen räume ich mein Zimmer aus, um es für Myra frei zu machen. Sie braucht jetzt mehr Platz als ich, also tauschen wir. Ich müsste längst fertig sein, ich weiß. Aber ich hänge an dem alten Plunder, und es reißt mir das Herz auf, mich davon zu trennen.

»Karsten, was ist das hier?«, fragt sie noch einmal lauter. Jetzt wird sie ungeduldig. Sie dreht eine kleine Schachtel in der Hand und buchstabiert: »G-L-Ü-C-K-S, nein, Quatsch. Gly-xi-na. Glyxina.« Sie öffnet den kleinen Karton, wirft ihn enttäuscht zurück in die Box. »Leer. Was war da drin?«

»Tabletten, die gibt's nicht mehr«, murmle ich. Ich drehe mich endlich zu ihr um.

»Iiiiiiiiii. Nein. Igitt!« Sie wirft etwas in die Ecke und schüttelt sich angewidert. Sie ist weiß geworden und einige Sekunden starr vor Schreck. Sie gibt sich einen Ruck: »Ich muss mir die Hände waschen, ist ja ekelhaft«, und verschwindet.

Hat sie eine Spinne erwischt oder eine großstädtische Kakerlake? Ich finde in der Ecke ein winziges Plastikteilchen, fleischfarben, mit einem kleinen Schlauch am Ende.

Myra kommt wieder herein, ich prüfe besorgt ihre Gesichtszüge. Sie scheint sich wieder beruhigt zu haben. »Scheiße«, denke ich. Dass sie ausgerechnet den Glyxina-Spender gegriffen hat. Ob sie überhaupt weiß, weshalb sie sich so ekelt? Kann sie sich erinnern?

»Was soll das denn sein?«, fragt sie nun doch, dabei wirkt sie nicht neugierig, sondern angestrengt. Als sei sie auf das Schlimmste gefasst.

»O, das ist kompliziert, und eine lange Geschichte. Das hatte mal jemand im Arm, in den Muskeln. So was gibt es nicht mehr. Es hat ein Medikament abgesondert ...« Das ist ihr zu langweilig. »Was, im Fleisch? Ist ja schrecklich. Wer, welcher Mensch hatte es im Arm? Sag bloß, den kenne ich!«

»Du kennst ihn. Du weißt doch, wer Boris ist, oder?«

»Ach der. Der ist ja schon alt«, sagt sie enttäuscht, »fast so alt wie du. Stimmt's?« Ich bin wirklich alt, über fünfzig, na gut, genau 53. Sie interessiert sich nur für die ganz Jungen, ich kann sie gut verstehen. Sie kramt weiter. »Und das hier? Ah, ich weiß, was das ist, eine Postkarte. Hat Mum auch mal geschickt. Ein Surfbrett und eine Kokospalme. Von wem ist die Karte? Kenne ich den? Ist der auch schon superalt?«

Sie reicht mir die altmodische Ansichtskarte, die vom vielen Anschauen und Wenden ganz abgegriffen ist. Ich drücke auf das abgebildete Surfbrett, und ein leises Meeresrauschen ist zu hören. Früher war es lauter, die Elektroden sind abgenutzt. Ich halte ihr die Karte gegen das Ohr, sie schnappt sie mir weg.

»Lieber Karsten«, liest sie vor. Sie redet manieriert, wie ein schwuler Serienstar, und mir fällt wieder auf, wie sorgfältig sie artikulieren kann. Von mir hat sie das nicht.

»Lieber Karsten. Wir werden uns regelmäßig bei dir melden. Wir wissen ja, dass du dir immer zu viele Sorgen machst. Kevin geht es nicht so gut, aber er hält sich tapfer. Er ist stolz, dass er es um Kap Hoorn geschafft hat. Er hat Probleme mit dem Essen. Wir werden eine Weile hier bleiben. Viele Grüße, deine Carol.«

Myra wirft die Karte zurück zu den anderen Sachen. Die Story von Carol und Kevin hat sie schon zu oft gehört.

»Wann fängt das Reiten an – musst du schon los?« Myra wird alleine gehen; seit die Stadt clean ist, muss ich sie nicht mehr begleiten. Notfalls nimmt sie sich mit ihrer Freundin eine Rikscha.

»Ein paar Minuten hab ich noch, keine Panik.« Sie kramt ein letztes Mal. Sie faltet den Prospekt auseinander, den Bogen aus billigem Glanzpapier. Ganz kurz blitzt das Corbusier-Haus auf, und als sie ihn wieder zusammenfaltet – ein stilisierter Fisch als Logo auf dem Cover, mit einem merkwürdigen Fortsatz. Ein Fisch mit einem Schwert. Sie macht den Deckel zu und stellt die Box in die Ecke. Eine kleine schwarze Schaumstoff-Olive liegt auf dem Boden, Myra hat sie übersehen. Ich greife nach ihr, drücke sie und prüfe ihre Struktur. Ich stecke sie kurz in mein Ohr. Wie störrisch sie ist – ein überholtes Modell. Damals war der X-max eine Sensation, das Headphone der elektronischen Avantgarde.

Ich höre, wie sich Myra von hinten an mich heranpirscht. »Wetten, dass du kitzelig bist?«, lockt sie mich und fällt über mich her. »Schon gewonnen« sage ich, und kichere wie immer zu früh. Ich muss nur kichern und prusten und nichts Schlaues von mir geben. Dann schlägt die Tür und sie ist weg.

Ich packe es wieder weg, das kleine fleischfarbene Plastikteil mit dem winzigen Schlauch, durch den das Glyxina in Boris' Adern floss. Myra war ja gewissermaßen Augenzeugin gewesen, damals, aber sie erinnert sich nicht daran. Es ist wohl besser so.

Boris hatte danach eine wilde Zeit mit Bill, er hat sie ausgiebig genossen. Doch schon bald kamen die alten Geister zurück und kosteten ihn fast das Leben und anderen Leute den Schlaf. Die Uniklinik brachte ihn routiniert wieder ins Lot. Es vergingen mehr als zwei Jahre, bis die Zwangsimplantation des Spenders noch einmal durch alle Instanzen geklagt war. Auch ohne Mrs Myer hat sich Boris wacker gehalten, Bill hat ihn anfangs unterstützt und der Rechtshilfefonds der Schizokokken sowieso. Das Landgericht entschied dann doch gegen ihn, aber da hatte sich die Biochemie längst weiterentwickelt. Eine kurze gentechnische Behandlung genügte, und Boris war bis zu seinem Lebensende befriedet. Bezwungen. Behandelt. Stelle anheim.

Bill meldet sich gelegentlich. Er ist immer noch der Alte, nur ein bisschen vorsichtiger mit sich selbst. Wenn er sich verliebt, kommt er leicht ins Flackern. Aber er flackere lieber, als ganz auszugehen wie ich, meint er sarkastisch, wenn ich ihn fürsorglich warne. Ich bin eben, wie ich bin.

Carol und Kevin sind zwei Jahre weggeblieben. So war es vereinbart, und daran haben sie sich gehalten. Das hysterische Echo, das ihre elektronische Selbstentbindung in der Psychiatrieszene auslöste, verhallte rasch. Man konnte sie nicht zwingen, sich pausenlos überwachen zu lassen, damals noch nicht. Carol hatte wirklich alles genau geplant.

Außerdem konnten wir über EPirb, ein in jede Yacht installiertes Meldesystem, ihre Position verfolgen. Wir wussten immer, wo sie gerade waren. Aber es hätte astronomische Summen gekostet, sie mit Suchflugzeugen oder Schiffen im Ozean aufstöbern zu lassen. Und wozu? Wir beratschlagten lange und beschlossen, nichts zu tun. Wir wollten die beiden nicht auch noch dazu provozieren, dass sie ihren Positionsmelder über Bord warfen.

Kevin hat seine Prüfung bei dem wohlmeinenden Oberthürli bestanden und seinen Abschluss als Nautiker gemacht. Beide wohnen seit ihrer Rückkehr in einem Hausboot auf Usedom. Kevin findet manchmal als Lotse einen Job. Zwischen seinen Krisen. Für eine kleine Aufwandsentschädigung, aber immerhin. Er hat ja seine Grundversorgung und Carol. Carol unterrichtet im Netz. Cassius, Carols kapriziöser Sohn, arbeitet als Programmierer in Indien, gegen teures, echtes Geld.

Von Mrs Myer sind auch ein paar Karten gekommen, mit schönen Tierbildern, Myra konnte ja noch nicht lesen. Auf der Rückseite war Text für mich. Man sei ihr doch auf die Schliche gekommen, Stichwort: Carpaccio von der Kiwi. Sie sei froh, Myra bei mir in so guten Händen zu wissen, sie denke oft an meine Hände. Das Leben im Untergrund sei hart, zu hart für ein kleines Mädchen.

Später kam ab und zu noch eine Mail. Dann verliert sich ihre Spur. Ob sie noch lebt? Myra hatte schon aufgehört zu fragen, jetzt fängt sie wieder an. »Wie war sie? Hattest du sie gern? War sie schön?« Dann hole ich den kleinen Flux heraus, den ich viel später in meinem Bett gefunden habe. Ich spinne eine Geschichte darum herum, »Der verzauberte Flux« oder so, mir fällt schon was ein. Für Myra mache ich alles. Uns geht es gut.

Die Stadt ist bunt und sauber geworden, es ist immer was los. Es gibt ein Festival im Frühjahr und eine Parade im Sommer. Im Spätherbst feiern wir die Vereinigung und im Winter den Schnee. Wenn es nicht freiwillig schneit, dann wird eben gesprüht, aber das finden alle ein bisschen geschmacklos. Echt ist viel echter, meine auch ich. Es gibt riesige Umzüge, öffentliche Überlebenskämpfe, Theaterstücke, die zwei Wochen dauern, Filme, die man sich unter Wasser ansehen muss, Konzerte, für die man eingegraben wird. Man kann sich von der ganzen Stadt jagen lassen, oder auch von der ganzen Welt. Man reitet auf Fischen und schläft mit Vögeln. Manche lassen sich öffentlich foltern, andere kreuzigen, die meisten schauen nur zu. Jeden Schmerz und jede Lust kann man in dieser Stadt erleben. Man muss sich nur an die Regel halten. Aber wir halten uns an die Regel. Wir tun alles zur richtigen Zeit am richtigen Ort. Uns geht es gut.

Wenn Ihnen dieses Buch gefallen hat,

würden Sie bestimmt gerne lesen, wie Karsten Schäfer nach Berlin gekommen ist und von der Wölffin und Klüppel in die Psychiatrie »gelockt« wurde, wie er sagt. Die Geschichte seines Berufspraktikums im Sozialpsychiatrischen Dienst in Berlin Charlottenburg beschreibt:

Der Praktikant, die Wölffin und das Amt

Psychiatrie-Verlag Bonn
160 Seiten, 24,80 DM
(bzw. 12,90 EUR)
3-88414-228-3

»... ein sprachwitziger, mit leichter Feder geschriebener und doch höchst aufschlussreicher Praxisroman, den ich ab sofort allen Praktikern in der Psychiatrie heftig anempfehle«
Eckhard Giese, Mabuse

»1 A Sozialarbeitsroman« *Alfons Limbrunner, sozialmagazin*

»Ein Buch, das auch für Angehörige und Psychiatrie-Erfahrene zu empfehlen ist, damit sie ›ihren Sozialarbeiter‹ und ›ihr Amt‹ dort abholen können, wo es steht.«
Elke Titze, Psychosoziale Umschau

Eichenbrenner, Ilse:
Alles wird gut : ein Social Fiction /
Ilse Eichenbrenner.–
Bonn : Psychiatrie-Verl., 2001
(Edition Balance)
ISBN 3-88414-273-9

Weitere Informationen zu unseren Büchern
und zur Edition Balance finden Sie im Internet.
Besuchen Sie unsere Homepage: http://www.psychiatrie.de/verlag.

Originalausgabe, 1. Auflage

Umschlag: markus lau hintzenstern, Berlin
Satz: Psychiatrie-Verlag
Druck: WB Druck, Rieden im Allgäu